更深的峡谷

吴先鸿

著

长江出版传媒 | 长江文艺出版社

目录 | CONTENT

坦　白

那一天我在你家
偷偷地闻着你的衣香
这衣香也使我痴迷
更不用说那个真的她
我吻着你的衣袖
做着甜蜜的梦
忽然发现天已经大亮
鸟儿在窗口闹叫喳喳——

啊呀！快把自己的邪念驱散
那鸟儿就要看穿了我的思想

三月之舟

缤纷的大街和
我的情人温馨的住所

我们的三月之舟
多么温暖

多少
人面桃花的风景
秋水伊人的故事
音乐
有时忧伤　激荡
却总是很美

即使在荒野上
也要升起我们的炊烟
寻找我们的水源
每天早上　鸡鸣声
响在小桥流水人家之中
那是我们百听不厌的声音

爱与死亡

1

秋风起时
我珍藏一片片的叶子
它们在夕阳里
还闪着金黄的光泽
当你的眼睛
变成遥远的恒星
它们
能在寒夜里温暖我

2

喜鹊桥已断
长夜茫茫
牛郎星
会在多少年以后
接到来自织女星的信

绿叶的痕迹

阳光下你明丽的衣　湿润的脸
和你眼中青枝茂叶的语言
像刻骨的风迎面而来

我们紧靠着在花丛中合影
当千年后我变成化石
你能否在我身上
留一点绿叶的痕迹

杜鹃花与蚂蚁

与她一起相濡以沫
经过了许多风雨和磕磕绊绊

可是在她熟睡的时候
我莫名其妙地想起
我是她的过客
她是我的过客

她也许会变成一朵杜鹃花
我也许是地上一只蚂蚁
但是杜鹃花不认识蚂蚁

此刻她午睡醒来
默默出门上班
她又一次走进午后的阳光中
她的背影我熟悉极了
却隐隐地觉得陌生

浓浓的树阴

妹妹，我要在你这里歇下来
这里有浓浓的温柔的树阴
外面风尘满天，声音嘈杂
尖厉的乖戾的蝉鸣
让人躁动不安
那里，洁白的心被揉皱
鲜艳的水果没有甜味

妹妹，我要
在这浓浓的温柔的树阴下
和你一起依水而居
青青杨柳热情如初
你我踏不尽天涯芳草
幽静的旅途总有意外的风景
妹妹，你燃起的人间烟火
足够我一生温暖

红衣少女

红衣少女
立在纯净丰满的水声中
向我们招手
在她的身边森林葱郁
叶子在水中水灵灵地舒展
你这里是否像她那儿
照进心底的阳光不受阻挡?
红衣少女
是一棵长在阳光深处的树
她把我们变成她树梢的青枝
你这里是否也像她那儿?
红衣少女
你的微笑是太阳神之手
我们祈祷
能感觉到你手指的轻拂

窗　口

我期待有什么东西　什么声音
出现在我的窗口
可是只有蜘蛛网在我的窗口摇摆
黑夜我坐等天明
为了看到鸟儿来到我窗口叫唤
我守望一点鲜艳的色彩
飘临我的窗口
可是只有蜘蛛网
在我的窗口摇摆

你曾经给我带来多少亮丽的雨
带来诗歌之源
沁我心脾
淋湿我的心壁

雾里的爱人

只有在雾里
你甜蜜的声音来自天外
叫我的名字
在地上你化做花草
在我的身边轻轻摇摆
迎面而来的芳香是你的礼物
茫茫夜路的灯光是你的使者
众仙女弃我而去
只有你唱着
为我写的歌
只有你弯腰捡起
我落在路边的
枯涩的名字

雾散时我只看见
我躺在一个孤凄的房间
而月亮永远只在天上

残缺的青春

寂静的夜，不歇的打工者
幽幽地唱起
旧日的歌
唤醒我内心深处
一条沉睡的蛇
想起你
已是遥远的杨柳和花朵

青　涩

痴痴地寻找　风风火火地奔波
我有些凌乱的脚步声
惊动了一片天

我青青涩涩的热情
轻易地
被燥热的风尘张扬起来
挂在树梢上
在路人面前

这一场青春的大火
虽然红得透明　也轰轰烈烈
却烧得有点冒失
显得有些寒酸
也远远够不上月亮与花朵
结局不过是
变成一阵无声的烟

这一面青春的旗帜
已经开始蓬头垢面

困　惑

在城市里看见你
灵魂似乎被一道闪电击中
仿佛来自天堂的狂喜
把我醉倒
佛说你是色相
是幻像
可是此刻你让我的灵魂飞升
潜伏的那个我苏醒了
累劫的那个我苏醒了
原来我多年的修行
仅仅是把你压在了箱底

是不顾一切地追随着你的身影
忘形地跳起诗歌的舞蹈
还是冷静地退回
细细检讨观照自己的心念
把你——
我眼前这美丽的幻像
回溯到自己污浊的肉身
或者说用理性
逐一分解成粒粒尘灰

走出书屋之一

沉埋十年成书虫
已是陈年病树

忽闻清音
方知众鸟叩门
风之消息
已然隐隐渗入
迎面细雨
打湿苍白面孔
源头活水
本在身边畅流

走出书屋之二

独立山顶
敞胸襟
清风凉透腐儒骨

轻舟脚下踩
乘风而下好快哉
青草拂面过

仰头张两臂
欲拥两岸山
灯前枯坐苦
不如草中和露宿

走出书屋之三

山水苍茫
原来几多浮沉
老农无言
皱纹间岁月深深
大地沧桑
出书斋不再恋风景
昔日悲欢
却如鹅毛一般轻

走出书屋之四

重游故纸堆
方知山水隐
疑云叠迷雾
多少假与真
翘首望前路
何惧多风尘
天地有大书
行行复行行

成　长

要走过多少蒙昧的道路
才能擦亮眼睛
要经受多少暴风雨
才能洗掉疮疤
呵呵
在风中颠簸
几许蹉跎?

夜

幽邃的
夜的隧道　有人
用头作锤开路

人间烟火人情世故在另一边
被挤成邋遢的衣服
苟且着穿

温柔的草叶远遁
干裂的风　乖戾的刺

用风沙砌成宝石
用黑夜酿成酒

旧　屋

兄弟，风雨已经侵入，母亲
还在一个干的角落构筑小小的温暖，而你
已无立锥之地
兄弟，你面对的是门前那乖戾的洪水
父亲因为洪水的乖戾而变得乖戾
在阴沉的天中你默然出了远门
苍凉荒野之间
我看不见你的面孔

兄弟，在路上把那灰色外套脱掉
上面留着旧屋沉重的阴影
兄弟，多采一些阳光披在你身上
让一路伴随你的笛声坚定而平和
兄弟，放开脚步走吧
我们会清扫岁月的尘埃
在旧屋那些陈迹斑驳的角落
砌下新的
生长着的地基

山村即景

谁在一块顽石上敲打？
那渺小的丁丁声
什么时候能打出
一片朗朗青天？

涧底的松
爱慕月里桂花
——却冲不出四壁山崖
终于快没了那种意气
就像年轻的露珠被风干
雄劲的虬枝开始
空心
望月的头颅终于垂下
却还把水里的明月
取来做酒
（而山崖顶上的稗草
正油头粉面地占有整个春天）

这个山村
一个哑巴每天早上都在干嚎

而他的母亲，一个老妇人
像一捆沉默的稻草
进出
这个山村
能把鸟声和阳光
都同化成静寂
而鸡鸣声总是
拖着无力的尾音

晒

被烈日晒着的日子
成了黄透的麦子
风过去　花成为树
石头在占领着根
风景画褪融进白的墙

远方的路消失
四周的山在逼紧

一个刚长大的成人在
午睡醒时
忽然有一种深沉的恐惧
被烈日晒黄
被时间收割

一个书生的沉浮

我沉浮着

我风尘满面　皮肤黝黑

带着歪歪扭扭　四脚朝天的行李

香车女人

一座巨大的耀眼的悬崖

横在眼前　又远不可及

在白晃晃的阳光下我被它们烤灼着

在黑压压的日子里我迷茫着

我沉浮着

我要冲出水面　要冲出水面！

我带着拙劣的四脚朝天的行李

在我身后留下的那一摊污水

似乎还赤裸在街头

我已经浑身沧桑　却只是

在给一块石头搔痒

走　运

平坦的道路拥着我
妖艳的花给我的笑容
很甜

我的五官变得浑圆
身体开始发福
对于自己的发型
我犹豫不决
春天让我油头粉面

偶尔惬意地坐下
发觉抒情已成为模棱两可
我无谓地写下几个字
一边在镜中欣赏自己
感觉自己的鼻子让人发腻

简短回忆

这个巨大的山谷
一直窒息着我
人们都像温顺的蚂蚁
默默地生活在稀薄的空气里
只有我在盲目地挣扎
当我感觉到一丝虚幻的海风吹进来
就出发去寻找自己的大海
还把仪式搞得很夸张
也许是因为我过于忘形
不知是谁放了一个幽幽的屁
来评价我的手舞足蹈
当我像饿狼一样扑向大海
无情的水鬼总在背后拖着后腿
让人心底透凉
我只拥有老牛破车
拖着一个硕大的理想
一瘸一拐地奔跑
在夜里我梦见那熟悉的阴影
做着可憎的鬼脸盯着我
我回到十年前曾被囚禁的地方

半夜醒来看见那座建筑物

阴森的面孔在黑暗里隐藏

它用宿命的手扼住我的喉咙——

我窒息着

我依旧是一个需要很多空气的人

常常胸口发闷

我是否会被生活深埋

然后变成

另一副模样

倦飞的鸟

多年以后
我已经被岁月抽干
变得经常发呆，忘记许多事
一个个飘满忧伤的梦
像妖魔似的缠上了我

有时也想起很久以前
做过的一个好梦
梦见在遥远偏僻的小岛
有大把大把的星期天
医治我多年的伤病
风雨已远
沉下来的四肢
在日子的怀里睡去
就像青苔
住在幽深的岁月
与一口古井
温暖相拥
看似平淡的井水
令人回味悠长

莫名的思绪

这耀眼的日光看上去多么苍茫
给人一种末日般的伤感

也许就这样孤单地发呆
和这片停滞的日光对视到永久

他来到这块焦灼的坡地
拖着枯干的行李
深感这高原上的道路
已经来到了一个尽头

在灰暗逼仄的夹缝里
曾经活成一把瘦瘦的尖刀
（但是那压在头顶的沉沉的苍天
从来不曾被刺破）

此刻的思绪却长满了杂草
一直蔓延到缥缈的天边

没人知道

他会在这个被杂草统治的废墟
被沉埋多久

小诗人自勉

诗人啊

在洗碗时不要变成一个主妇

在杂物堆中不要变得琐碎

在漫长的消磨中不要染上神经质

在逼仄的贫民区里

不要改变自己的基因

诗人啊

在那些庸常的无奈的白天

不要变得光秃秃

在阴滞的日子里不要发呆

在死水中不要变成僵尸

诗人啊

在这苍茫的轮回中

不要被时光带走

诗人啊

在泥土里

不要忘记月亮

像一块陈旧的补丁
在喧嚣的街边散步时
不要忘记
自己
来自高高的星辰

入赘的月亮

在天空中是高高的月亮
在地面上就是草

月亮无论在天空怎么飞翔
人们都看不见

草无论怎么歌唱
都发不出声响

所以月亮在地面上的
出路
是排队等候入赘
在高台的阶梯上拥挤

只有进入庙堂的门
才能发出金色的光芒

早 市

早市是辛苦的
乡下的老婆婆起早赶来卖菜
盘算着给儿孙买一个书包
她尽量把摊位靠近马路中央
似乎要凑到行人身边去
不承想旁边的人不愿吃亏
马上就要跟上来

早市是焦灼的
急着赶到单位上班的白领
看着这个路段的样子就开始烦躁
他看着路上那个推着三轮车转来转去
找不着摊位的大爷
不禁心里有气
他那尖厉的喇叭声
把大爷吓得发愣

早市是弥漫着火药味的
正在慢挑细拣的中年妇女
一边扶着自行车

一边顽强地讨价还价
不想后轮腿被人撞了一下
她泼辣的骂声
顿时让那车逃跑似的远去
可她还是对着空气一骂再骂
直到整条街都静下来看着她

唉！
早市是纷纷扰扰的
让人隐隐的酸楚
又理不清头绪

在未完工的高速公路上

1

世代都是山里人
家
曾经让我感到压抑
山
曾经让我感到窒息
家乡沉重的山啊
乡亲们沉重的命运

2

长长的隧道
让人的思绪飘得很长
让人想起愚公那个长长的
苦涩的梦
如今
这震耳欲聋的钻山声
竟让人热泪盈眶

3

今天我站在未完工的高速公路上
极目眺望
看到世界风正在吹进来

世界风吹进来
吹开了我的心胸
吹活了我的思想
吹得家乡那口沉寂的池塘
泛起阵阵涟漪

4

惊天动地的钻机的轰鸣声
强大的擎天水泥柱
强大的水泥横梁
气魄非凡的高速公路
在连绵的群峰间强大地延伸
强大地伸向远方
让我感受到时代的洪流
势不可挡的力量

今日抒怀

1

寒酸的村庄瑟缩在冷风中
炊烟总是艰难地升起
捧着稻谷的手多么苍老
田边的溪水哗哗地流
又一代入了黄土
而鸡鸣声还是在每天早上
不屈地响起

2

这个春天
野草和现代化一起生长
每天早上
我们总被鸟声和车声从梦中惊醒
大地上传来庄稼拔节的声音
我们的足迹踏遍每一片荒芜
我们埋头工作奋笔疾书到深夜

第二天早上　我们依然
精神很好

3

我们像迎接节日一样
迎接新世纪
神州新貌是天底下
最美的风景
今日的阳光
照进母亲脸上
最深的皱纹

出　门

忧伤着离开家乡
迷糊里看路边闪过的
那一排拥挤着苟生的字母
似有母亲和兄弟的身影

此刻在那黯淡的灯光下
他们是否还在呛人的油烟里做饭
或者在狭窄的弄堂边
又有一些口角
天不下雨的时候
他们是否会有一些烦躁

汽车已经把他们的身影
抛在身后坑坑洼洼的路里
前面还要走多少绵绵的山路
才能到达南方

更深的峡谷

我的表兄弟　你
天生鼻子塌陷
口吃　喉咙里有气管炎
你的母亲没有文化
小气委琐得让人数落
你的父亲　只知终日劳作

你柔弱的呼吸响在我耳边
你像一只没有羽毛的小鸟
你的语言说明　你是
沉默的井底之蛙

我的表兄弟　没有什么
比一双浑浊无神的眼睛
更能使你陷入一种深渊

旧照片

1

生活掩埋了你的心
凌乱的头发遮着你的脸
可是从头发的缝隙
露出你那双有些卑怯
又充满向往的眼睛

2

你戴着一副大大的变色镜
烫起来的头发有点东施效颦
你高高地举着一个现在看上去
已经过时的皮包
兴高采烈地做着一个时髦的姿势

3

你嘴唇涂着口红

拿着花

背后是画着的别墅作背景

有人私下说显得土气

并不怎么好看

可你确实陶醉其中

4

你站在自家新屋门口

墙壁还没有粉刷

你的母亲正喂猪回来进入镜头

你的背有点驼

手有点曲

眼睛有点肿，裤子有点皱

你的手腕和双腿显得有点细

下　班

今天不用加班
拖着沉重的脚步回到寝室

关掉在车间里见惯的冰冷的日光灯
点起一支小小的蜡烛
忘掉那没有表情的流水线
早早地坐进了被窝

静静地享受着这个温暖的角落
静静地什么也不想
静静地拨弄着烛芯
用脸和头发去亲近跳动的火焰

忽然听见远处的喇叭声
想起明天可以回家了

过完春节

正月初八
把兄弟送到车站上了车
回到家里
看见果壳洒得一地
却坐着发愣不想打扫
妻子和父母不知到哪里去了
武侠片里人物的语言
听上去有些落寞
楼堂里一片寂静
我今天下午也就要启程
却懒得去整理东西

苍茫风尘

亲爱的人，你每次回来
都变了模样
这几年，你一头清纯的秀发
曾被剪了多少次

亲爱的人，有很多好日子
我们已经遗忘
岁月的茧，会慢慢僵硬
成为身体的一部分

从沉默
到蛇一般的阴影
亲爱的人，你变异的笑
对我是最锋利的刀

亲爱的人，清风依旧
什么时候有时间
我们围坐在小时候的园子里
晒晒太阳

叔叔的葬礼

1

亲戚们多年不见　难得一聚
可有位亲戚说明天是个黄道吉日
必须下午回去准备开业
有的外面生意实在太好
耽搁时间长了可惜
有的是重要客户等着要见
大家都只能长话短说
互相递烟、寒暄、客套
大家送完叔叔的葬礼就匆匆走了
汽车一辆接一辆倾刻间消失
各人都还有各人的事情

2

同村的一个老农看我走路
很友好地让我坐上他的自行车
他说："你这位叔叔都在城里，

我们一世都没得见，
小时候我们上山砍柴，
一起捡野果子吃。"
"是啊，各人都忙各自的生活
居然一世都没得见。"
我说，"我叔叔其实也没享多少福，
开车开了三十五年，长年累月在外
到老了儿女又忙，不在身边。"

3

我们说话的时候
与几位似曾相识的乡亲擦肩而过
互相之间想打招呼又没有打
我一个亲戚在人群中骑着摩托车
看上去老了很多
他没有看见我
其实我们也没有多少话可以说
因为各人都有各人的生活

给春天写信

三十六岁的初春

我拿起镜子

发现自己的脸肌肉僵硬

早已经失去微笑的功能

三十六岁的初春

我终于认真地在女儿面前蹲下来

仔细地察看她的脸

春天就在她的脸上存在

可我一直视而不见

我的浮躁和乖戾

曾经像暴雨

把她满面的笑容

淋得像落汤鸡

那些阴郁的日子我是多么吝啬

我一直不能挤出一个微笑

装点一下女儿稚嫩的春天

那些阴郁的日子

她独自一人构筑着

自己的童话

珍藏着她自己

小小的春天

三十六岁的初春
我拿出老照片寻找春天的痕迹
看见它还在我那些朋友的脸上
这些年我偏执地把自己的春天冰冻三尺
朋友们已经一个个悄然远去
三十六岁的初春
我怀着愧疚的心情
提笔给久别的春天写信

夜行感怀

——中秋，逢生日，夜行无月，忆生平有感

错乱复踟蹰，
蹉跎在田垄。
明月落何处？
浮云几多重。
不见嫦娥舞，
前路没草蓬。
梦里忽生翅，
力断灌木丛。
快刀斩乱麻，
直飞广寒宫。

雪

1

我们都很像老农
只有沉重的稻谷和麦子
压在身上
我们从不在家里播放轻音乐
从不种植悠闲摇摆的兰花
我们每天蹲在地上
一粒粒地捡起我们渴望的麦子
一生都直不起腰

那个卖菜的妇女没有风韵
发黄的牙齿，干瘪的脸
机敏的眼睛老练的语言
和粗壮坚硬像男人的手
有时露出凶相
她没有了少女脸上的水
她在回家的路上
是否会抬头欣赏一下夏天的彩虹？

她在年轻时是很美丽

人人喜爱的女子

可现在变形的脸比落花更使人

疼痛

她在堆满农具和菜苗的屋里死去

就像泥土落在大地

就像狂风卷起一片枯叶

埋进波浪　然后不屑一顾地吹过

我们都是她的邻居

我们埋了她后自己却不知该往

哪里走

周围都是冰冷坚硬的泥土

长不出柔软有暖意的植物

那只喜欢歌唱飞翔的鸟

羽毛美丽的鸟

被冷酷的天气冻得全身苍白

2

我对每天早上嘶哑的鸡啼

置若罔闻

还有爱人僵硬的笑和

啰嗦又贫乏的语言

我总想看到窗外别的风景

可是我只看到人们孜孜地蠕动着

营造自己矮小的房子
在一个下雨的停电的星期天
我们就像一只断了线飘荡无依的
风筝
我们该靠在哪棵大树下？
我们总想看到一点别的风景
可天空总是苍白无语

盲目的潮水

1

生活永远是千头万绪

大家都在匆匆往前走

对一只怅然若失的麻雀

实在没有注意

它在人流中被挤来挤去

站立不稳

盲目的潮水

总是不停地涨过来

逼得大家身不由己地往前漂

麻雀在这漂的洪流中

也被卷起来

它总是不能停下来

安静地唱一唱

2

偶尔有人无意中踢到多年以前

一双朝向天空的眼睛
那双眼睛还睁着
像一个问号
然而忙忙碌碌的人们
总是视而不见

3

许多麻雀的名字
都已经是一具空壳
多年以前的暗夜
它们九曲回肠的歌声
早已消失在空气中
人们只是哼着眼前应景的歌
随着潮水的节拍
不由自主地起舞

土　屋

你家的土屋已经住了好几代
你已经在 30 平方米的土屋里
住了一辈子

你对一年四季本地的风俗和忌讳
都了如指掌
过年过节每一个细节
你从来不会省略
隔壁邻居造屋那阵
你觉得新房挡住了你家的风水
和邻居结了十年冤家
气得生了一场大病
欠下了一屁股债
到现在还没有还清

虽然你是一个要强的女人
事情无论大小都有自己执着的想法
你跟别人吵架也不会轻易认输
可如今你茫然无助地待着
没钱买药

虽然你是一个勤劳的女人
插秧比男人都快
干什么活都很利索
你曾经辛辛苦苦养猪赚了不少钱
可因为这场病
这些年都白白辛苦

现在你还在那 30 平方米
挂着老黄历的土屋里
茫然地待着

咀　嚼

年轻的时光
你也曾干巴巴地站在村口
盼着远方的风

此刻你敲着旱烟管
与村子里那几棵没有枝叶的树
相对无言
这个村庄
长出的只是些单薄的庄稼
但你还是日复一日地
喝着碗里清淡的稀粥
你每天走在田埂上
和这个千年的山谷
进行默默的交谈
青鸟早已远去
而你一直孜孜地在这块田地里
翻耕出绵绵不绝的日子
你的老伴张罗着日子
在某个特别的节日她会
给你做一碗花花绿绿的浇头面

或者让你穿上新衣服
喜洋洋地去走亲戚
这都会让你乐开了嘴
露出发黄的松动了的牙齿

多数人的春天

春天，我体温上升，血流加快
我忘乎所以地想到苏州杭州扬州
缤纷的少女和令人眼花缭乱的街道
想到世界上其他走不完的好地方
可是　春天你不能说走就走
你只能在自己的窗前
听听蛙声　看看一地的油菜
春天，大多数人都仍然忙于自己的奔波
他们边做自己的活边看着春天
像是在看路边发生的一起热闹的事件
大多数人
还是要紧紧攥住自己手里的活
春天，就这样凑合着过去
大多数人都忙于自己的奔波
大多数人
房前屋后够得到的春天
就是怎样的春天了
偶尔　会在缤纷的大街
捡起一块遗落的花瓣
夹在书页里
算是小小的珍藏

嫁鸡随鸡的女人

嫁鸡随鸡的女人
把自己淹没在丈夫的影子里

房间里弥漫着他特有的腋臭
和永远散不去的烟雾
你清扫他丢的烟蒂
吐的痰
收拾他发怒时打碎的玻璃杯
你本是一个温和的女人
可这些年你们吵吵闹闹
你也开始变得暴躁

选择一个人
就是选择一种生活
如果和另一个人相遇
就是走进另一扇大门
如果另一个人与你擦肩而过
就带来另一阵风
和另一个人一起爬山、旅游
坐在去南方的车上

发现阳光变得无边无际
发现自己原来
对生活是多么贪得无厌

嫁鸡随鸡的女人
在埋头做农活的时候
有时匆匆地瞥一眼另一个男人
头脑里闪过另一种生活的影子

被俘虏的文人

1

好像总是若有所思
我老是在按遥控器
一天到晚皱着眉头
我是在寻找什么
一天到晚我固执地在寻找什么
可我总是被那些花花绿绿的电视节目俘虏
我半躺在床上，像抽了鸦片
越来越腐朽

本来觉得那部电视剧有点俗气
但美女的一颦一笑
又让人禁不住停下来欣赏
宝莲灯出神入化的法力
实在让人浮想联翩
俊男靓女的搞笑娱乐节目
也的确有趣
电视节目五彩缤纷

使人变得贪婪，这个假期我是多么平庸

我深深地陷在沙发中不能自拔

天上人间的故事曲折离奇

我真想进入七仙女的悲欢离合之中

永远不出来

（明知道那都是编的）

精彩处突然插入的广告

似乎给人当头一棒

让人倍感空虚

此刻我似乎脆弱得不堪一击

转头看到窗外白茫茫的阳光

咄咄逼人地射进来

让人心发慌

2

家人下班回来时，都流着苦涩的汗

让我如梦方醒　不知所措

一下子意识到整个上午

自己一无所成

面对他们，我深感自己苍白无力

我再也躲不过

成堆的烦人的家务事

无奈地走出
用纸板隔成的临时书房

其实日子就是这样
大家都在苍茫的阳光中
像蚂蚁一样奔波
我最终也得顶着这苍茫的阳光
出去多挣点钱过日子
过该过的日子，做该做的事

空　巢

这个家没有什么人了

父亲沉迷于六合彩不能自拔

整天埋着头算呀算呀

算来算去把多年的积蓄赔光了

做人忙忙碌碌的头发已经花白

他整天心不在焉

其实他自己也不知道在想些什么

脑子里空荡荡的

家里没了主心骨

母亲受不了别人的引诱

到别处寻找幸福去了

她成了一个渴望城市的女人

这个世界五光十色

让她又兴奋又迷茫

她下海了

如今已经变了一个模样

她把自己的唇膏换来换去

把自己的头发也染来染去

她到处漂

如今不知道在哪里漂

我们兄弟两个把家里当作一间路廊
整天像无头苍蝇在外面乱窜
我们做着自己的山寨大王
也算混得热热闹闹有声有色

在小学读书时我们其实也很听话
会把红领巾戴得端端正正
还做好人好事

唉，不知道现在他们几个
在哪里落脚
家里一定空荡荡的
要么是父亲坐在那里发呆

失去土地的村庄

记者进去时，村支书不在家
开着摩托车载客赚钱去了
村长不知道去了哪里
几个小孩凑过来，脸上很脏
裤子歪歪扭扭，裤裆没有拉链
路边有一群人在打扑克
有几个人在外层看不见
踮起脚，把脖子伸得很长
几个中年妇女凑在一起
讨论昨天晚上的六合彩
有人已经把土地补偿款输光了
坐在一边抽烟，想着向谁借钱
一个退伍回家的年轻军人
以前是英姿飒爽，现在锋芒全无
和别人一样混日子

土地已经被全部征走了
好几车的沙子被倒了进去
至于是谁做的主以及征地的手续
大家都一知半解

只有一个年纪稍大的村民
对着记者喋喋不休唾沫横飞
直着脖子像一只斗鸡
旁边却没有人附和

午　睡

1

下午要早点出门
就警醒着
闹钟像在一声声地催

刚刚合眼
电话铃又响了
这电话铃声听起来总是那么急促
电话那边未知的声音
还没有响
就已经让人心惊肉跳
医生说这样的情况
对心脏不好的人是危险的

2

朦胧中感觉喉咙里苦苦的
一直被不安的梦缠绕

又闷热得醒了
这是一个亮晃晃的
一片苍茫的中午
生命一下子清晰得可怕
一个焦灼逼人的真实
瞬间凸显
在中午苍茫的焦灼逼人的
日光中
瞬间凸显

木石前盟

所谓通灵

如今值几个钱

在风中颠簸

被倒过来横过去

烟熏火燎　焦头烂额

燥热的尘土

在占领着身体

没有一块草地

可以跳寂寞的舞蹈

终于只有脱下那优美的却显得

婆婆妈妈的长袖

……

林黛玉已成为天上一轮孤月

薛王之流活得油光满面

花所剩几何？

葬花之后

漂亮的塑料花泛滥

丑陋的结石

父亲的病像一个谜

他皮肤干裂

喉咙里有浓浓的不堪入目的老痰

在一个阴雨绵绵的天气

父亲的关节炎又犯了

他背朝着我们

一言不发

但他身上有看不见的阴影

时时向我们笼罩过来

让我们感到压抑

据说父亲的病

来自一条拥挤的河流

在那里

无数的垃圾和泥沙无情地翻滚

在黑暗的河底

不知有多少扭曲的古藤在生长

多年来父亲忙于在那条沉重的河流里

上下浮沉

终于他变成了河底那块丑陋的结石
散发出难闻的臭味
有时面目狰狞
让人认出那段乖戾的历史

多年来父亲只顾带着我们
在泥潭里挣扎
却早已忘记
他无所不在的阴影
已经蔓延成了家里的空气
亲人们时时刻刻都在呼吸——
像连绵的阴雨一样不可阻挡
像毒素进入血液一样无可挽回
像魔鬼一样在亲人身上潜伏
经常让我们显得固执和愚蠢
让我们互相怨恨　互相攻击

好看的井

要学会在大路边
做好看的井
不用挖得很深
只要看上去
是一口像模像样的井
只要在井底铺上一些好水
再在路边醒目的地方
大张旗鼓地树起一块牌
做出水的井太不容易
也不是当务之急
只有笨的人
才去做出水的井
让自己变得可笑又可怜
长年累月一味地在井里钻得很深
会变得不懂人情世故
从来不抬头看看周围发生的事
不知道自己有多危险
做了出水的井
默默地出水
会显得别人没有水
或者会有人干脆把你挤干

亲人相见

我们在各自的风雨里
走得很难
在夜里我们做着各自的梦
我们是亲人
但一直各奔东西

你那边的风雨声
听上去是多么暴戾
但对我总像是隔靴搔痒
你说你疼痛
但还是形容不出那疼痛的滋味
让人有点不耐烦
我对你的偏执
其实有点反感

而你对我的慷慨激昂
也有点不以为然
或者暗中嗤之以鼻

无论你怎么描述

痛总是在你自己身上
无论你怎么痛
我还是真切地感受着
自己身上的风雨

我们打过一些电话互相问候寒暄
在你激动的时候我也有礼节地附和
但我们的通信还是越来越稀疏

乡村砍手党

单薄的校舍
留不住你
看着你离开的脚步
女教师像芦苇一样脆弱
她阻挡不了
风把村庄吹得底朝天

你和一群野草一起
用草垛上的激情
结成一个简易的堡垒
在空旷的山野间自成一套
你自鸣得意地端坐其中
三碗酒的力量
就把你送向尘土飞扬的南方
撇下身后
那个贫瘠的村庄

这么多年
兄弟义气已经七零八落
漂泊的疲倦
成了不治之症

父亲的小钱

在岸边安安稳稳地捡贝壳
是父亲的性格
他用一个父亲的坚强
捡了一辈子小小的贝壳
攒了一点小钱

儿子出海去了
坐着简陋的竹筏
带着父亲的小钱
但他偏有着不该有的野心
一心要捕到大鱼
他不想再像父亲那样过一辈子
他倔强地驾着竹筏
试图与那些大船并驾齐驱

可是在父亲看来
大海的波浪像鬼一样出没
反复无常的海风经常横生枝节
翻滚的漩涡看起来高深莫测
父亲从不怕劳苦

却害怕大海的血盆大口
和深深的陷阱

此刻父亲无助地立在岸边
完全不知所措
大海的波浪对他来说
又陌生又可怕
他依旧紧紧地攥着手中的小钱
这依旧是他多年的习惯

儿子的竹筏还在波浪的缝隙间挣扎
被大船们撞得遍体鳞伤
像一朵单薄的火焰忽明忽灭
但无论情形怎样
父亲只能继续弯腰捡贝壳
他还要捡多少贝壳
才能让儿子浮出水面

不合时宜的杜甫

1300 年后，沧桑的杜甫
还是被人用哈哈镜
扭曲成小丑

他忧郁的表情
是拍拖聚会的制冷剂
他陈旧的不合时宜的眼泪
被时髦的喜欢打扮的女郎
当作肮脏的眼屎

没人知道他的皱纹有多深
但只要用很炫的油漆一涂一抹
他的脸都会变得花里胡哨
符合流行的口味

脏油之链

1

你是黑的
因为你来自无边的黑暗
你身上有诱人的油水
但是你的脏触目惊心

像一条强大的蛇
所向披靡地延伸
你让阳光下的人们
慢慢地变形
让他们一个个
红了眼睛绿了眼睛

那些曾经信誓旦旦的人
总会被你有力的链条缠紧
你污染那些善良的草木
让他们跳进黄河也洗不清
你的毒液触地生根

用发达的错综复杂的根系
绑架了一片纯朴的土地

一两只菜鸟在叽叽喳喳
但它们无力的愤怒
只是给你搔痒
实际上你有影无形
菜鸟只能对着空气咒骂

不久菜鸟也成了你的俘虏
不知什么时候
它不声不响地加入了你的怀抱
大地已经一片沉默
到处都是疯长的
伸着蛇一样的脖子的
稗草

2

菜鸟慢慢地被油水养胖
但是油水里那来自四面八方的
层层叠叠的污秽
也慢慢毒害着菜鸟自己的身体

就像巨蛇的毒液
毒害着蛇自己的身体

不合众的鱼

1

这个国度没有大海
只有为数众多的池塘
每个池塘都会被一个王占据
在其中生下强势的根
虎视眈眈的鱼虾喽啰们
组成令人生畏的网
不想加入这个网
却想自由自在地游泳的
到哪里找自己的池塘？

2

想要跳出池塘
就要长出翅膀
成为强大的龙
想要成为龙
就要先加入鱼群

就要了解鱼群的游戏规则
在这个群里脱颖而出
(可它生来就是不一样的鱼
想要加入鱼群
是否要先割掉自己不一样的鳍?)
就要先游过一片深深的淤泥
学会在淤泥里摸爬滚打

3

水是流在池塘表面的
真实的是淤泥
池塘的淤泥很深
(不知深浅的
很容易在淤泥里淹死)
连高高的龙门
也已经深陷其中

4

精通鱼群的学问
在淤泥中游刃有余
就能占据池塘的有利地形
长出令人羡慕的翅膀
蜕变成飞翔的龙?

可是如今的龙
总带着池塘的腥臭
不再是传说中的神灵

荒芜的白发

退休之后
你就被困在老屋

每天的活动只剩下麻将
牌友们今天没有来
你就无力地陷在沙发中
（老伴去赶集也许会带回一点新鲜东西
乡村广播似乎让这个村子有了生气）

房间里陈旧杂物七零八落
以前的奖状如今看上去像垃圾堆
抽屉里年轻时的笔记本
还剩下发黄的皱巴巴的几页

从前的豪气再也没有了
老伴数落你懒散
你吃东西时总是撒落一地碎屑
还有点乱发脾气

这时你蜷缩在床上

面朝墙壁
似乎身上压着一座大山
你头上荒芜的白发
眼看就要把你淹没

自从退休之后你回到老屋
你就一直面对
它真实的灰白的墙壁

裸　刑

裸刑是公众的庆典
大家都兴致勃勃地来寻找
她身上有哪些难看的毛孔
如果有人对她丑陋的私处
作出精彩的形容
就会赢得热烈的掌声
对裸刑的反复反刍
是一年中的大餐
能造就大明星
生出巨大的泡沫经济

如果有一天你被裸刑了
大家都会迫不及待地上来
把你的衣服剥光

各自的深渊

1

只有当你的身体不能挪动半步
深渊才在你的眼前显现

只有当宿命的疼痛难忍
你才知道地狱就在喉咙里面

你宿命里的深夜
在身体里一直隐藏
那无尽的黑暗里只有你一人
亲人跟你隔着天堑鸿沟
大地听不懂你的喊叫
你的深渊里只有你一人

你和相濡以沫的老伴
注定被各自的深渊淹没
不再见面

2

来看望你的人如花似玉
还在享受着
身体带来的幸福

她的抚慰有点不痛不痒
她回去时
蹬蹬地走上平坦的大路
高跟鞋优雅地敲打着地面

她并不知道
深渊
就在体内

沙子小传

曾经在无言的天空下流浪
曾经在寸草不生的地方陷入黑暗

曾经被强大的山势逼迫
不由自主地奔走

曾经被无名的风吹起
在山谷里横冲直撞

曾经被狭窄的河流
塑造成扭曲的模样

曾经学会了一个池塘的语言
随着水草盲目地起舞

曾经在大海里冲上潮头
成为显赫的浪花

曾经为了一座沙堡
被砍去了头颅

耕读世家

这些风雨的痕迹

被岁月雕塑得如此静美

像似曾相识的陈酿

所有摆设陈旧而干净

斑驳的墙壁坚实而温暖

那线条简陋的犁耙

看上去如此从容安详

为什么只有这里

保留着延绵不尽的林阴

和雨水

朴实的庄稼一茬一茬地成长

山外面已经是热浪袭人

臭气熏天

但这里堂屋庄严

灯笼高挂

祖先坚定的目光依旧

柱子上苍劲的笔画

支撑着我们不灭的心香

书声琅琅
溪水默默地流淌
可是不远处那轻浮的喧嚣
和彻夜的狂舞
也干扰着我们的耳朵
……

好儿女们已经被挤在边缘
是否还能视而不见
看啊，那咄咄逼人的奢华
完全超乎我们的想象

凌晨，院落里灯光明亮
"向上的禾苗啊
如果有一天你不再坚守
或者走失
这个千年庭院——
会是怎样的一片荒凉
……"

回乡离乡

1

她不安地看着我年年吃苦
想说什么却踌躇
她放不下心里深深的疑虑
又把满腹话儿咽下肚

哦不要沉默假装糊涂
面对母亲打开你曲折的心路
你的沉默会让她的心无处安住
假装糊涂只会让她更加痛楚

2

她长长的心事汇成深深心湖
在岁月里沉寂荒芜
忙碌的你是否停下脚步
静静地把她心里的结儿数数

哦不要厌烦不要粗鲁
请听完母亲琐碎的倾诉
就像触摸家里斑驳沧桑的梁柱
感受母亲的旧毛衣真实的温度

3

她蹒跚地扛回一麻袋红薯
怕你急着要赶路
她来不及掸掉身上的泥土
匆匆把午饭放进锅里煮

哦不要急躁不要催促
带走母亲沉甸甸的红薯
再尝一口家里浓浓的陈年米酒
就像回味母亲殷殷的临别嘱咐

老实人与篱笆

好肉
原来都在篱笆之外
所以要突破篱笆
占领地盘
所以首先要有强大的铁蹄
（或者借用它的威力）
当然，有时需要把铁蹄
包装成温柔的手
和精致的语言
这样可以更轻易地打开篱笆
要看破篱笆
只是用来圈羊的
不管看似多么庄严
其实都会被人踩在脚下
所以不要让篱笆
成为你一辈子的障碍
只有那些可怜的羊
把篱笆奉为一种信念
只有那些瘦弱的羊
才会被篱笆关在贫民窟里

圈子之外

你看，麻烦已经找上门来
你自以为清白得像莲花
就认了死理
一板一眼地做自己的事
似乎这样就可以高枕无忧
跟谁都不相干

你的性格一点没变
看很多事还是不顺眼
其实各路神仙都要应付
对谁都要多一个笑容

大家不都是这样过来的
鱼在浑水里才能生存
有时候黑白
也很难分得那么清楚

不要抱着你的清白不放
想想你的邻家为什么就顺风顺水
理解一下他们对你的这番好意

"说到底只是角色不同
大家都要养家糊口才是真实"
"你不能生活在孤岛之上
千万不要被世人排除在圈子之外"

尘肺病人叙事

1

家乡被千年的岩石窒息着
道路不会通到这片贫瘠之地
对着厚厚的山崖叫喊
也不会有回音

山外传来了隆隆的响声
终于城市的触角伸到了这里
一个来自城市的人
将巨大的推土机开进了山沟
于是急于繁殖城市的人
与他一拍即合

据说要让城市的曙光照进这里
敲打岩石就是村民们的出路
村民们能不能
在岩石上打出一个命运的出口
通向豁然开朗的天空

2

你的每一记重锤
都是对命运的挑战
千年坚硬的命运
眼看被你敲成了粉末

可是没等你在岩石上打通命运
却已经被这宿命里的岩石
在你的身体里种得更深
……

如今你的胸膛又被岩石窒息着
当初的出路原是不归之路
(村里多少人走上了这条路)
真想对着天空叫喊
可是天空会不会睁开眼睛

3

只有切开自己血红的胸膛
才能揭露岩石的冷酷
只有下跪或者爆炸
才能撼动高高在上的岩石

急于繁殖城市的人
顾不上小小飞尘
也没有心情去关心
淹没在滚滚飞尘中的肺
只是豪迈地说了一句
百废待举

于是山寨的村民们
变成历史垃圾堆里沉默的岩石
垫着城市的车轮轰轰向前

走　失

在一言难尽的岁月里
我不知道你是什么时候走失的
独自走了多少路
如今老了
你的房间依旧凌乱
而生活的沉淀
只剩下你的自言自语
和叨叨不休
如今我从外面看你
你是这样的不可理喻
这样的神经质
在年深日久的屋子里
你偏执顽固，脾气乖张
我从外面看你
却不知道怎么拉你出来
拉到广阔的天空下面
我从外面看你
我也并不拥有广阔的天空
我对身边的花草树木
早已视而不见

我成了吝啬和冷漠的人
如果命运的轨迹
把我们引向一个褊狭的山谷
我们沧桑的心灵
能否一直留在高处

失败的师兄

与别人对打时师兄像一个英雄
可这下却缩手缩脚
似乎与自己的师弟竞争
总感觉有些别扭

可是师弟气势逼人
每赢一个球都要握紧拳头
毫无顾忌地发出吼叫
此时师兄却傻站着
目光有些迷茫
解说员说他一直没有进入状态

我在电视机前很紧张
心怦怦直跳
暗暗地希望师兄能赢
可师兄却总也不争气
让我有些恼火
师弟的吼叫听起来有些刺耳

当师弟赢了最后一个球

发出狮子一般的吼叫
我为这位善良的师兄感到怨愤
因为我也是一个善良的人

吃素的人

他向来吃素

也不想踩死一只蚂蚁

但命运送给他一台神奇推土机

开到哪里他的领地就到哪里

他坐在自己的推土机上

遥望那一片美好的土地

情不自禁地把推土机发动起来

推土机张着血盆大口

吞噬着许多弱不禁风的花草

他没有看见花草被压在轮胎下的姿势

只是在驾驶室里按着按钮

但是如果不喝血

推土机就会很快衰老

他只好努力去找血

有一次无意中推土机喝了一只羊的血

一下子多了一条命

使他把自己的地盘扩展了八十八里

这让他兴奋不已

现在他心里唯一想的就是

给推土机保证鲜血的供应

菩萨的苦心

1

你太想要一个美丽新世界

你看见

无论阳光多么灿烂

大地上总有病毒

在某个角落里假寐

你深深知道

只要天地之间的尘埃

还没有荡涤干净

就会不断地长出罂粟

只要人们的血管

还流着颜色灰暗的血液

总有一天他们会变得面目狰狞

2

你试图用暴风雨

清洗人们的血液

你觉得空中的闪电

比彩虹更加壮美

虽然

你被人说成是残暴的雷公

3

你固执地

要把天底下的罂粟连根拔掉

可是罂粟的子孙随风飘散

就像空气

从你的手指间漏出去

罂粟看起来娇艳欲滴

它在百花中间拼命摇曳

把自己涂得比牡丹更加美丽

而你鞭长莫及

4

带着壮士断腕的决心

你一次次地刮骨疗毒

可是病毒有很多张面孔

还能随意改变形状

他们无孔不入

总能在一个身体里找出漏洞

他们显得比谁都正经

还善于制造烟幕弹

把好细胞推出来当替罪羊

可叹你和你的同志

总是不能相见

当阳光在烟雾里退隐

大地上的病毒卷土重来

苦难又开始像杂草一样疯长

标杆的自白

瘦骨支棱的标杆

终于开始了解

自己多年的心血

是怎么在一口大缸里

被轻易地淹没

多年青涩的标杆

终于开始明白

自己坚守的一块绿洲

为何在漫天风尘中

微不足道

标杆立在这里

感觉头上的花冠

隐藏着一个蓄意的玩笑

他看见在别人客气的脸上

有一丝隐隐的揶揄

标杆立在这里

被人打扮成雕像

那些油光满面的人
饶有兴趣地过来参观
却轻轻一笑地走过去了

标杆立在这里
越来越不自在
他低头自问

我今天立在这里
是一些人的便利物品吗

是这个世界
好看的门面吗

这一面寒酸的旗帜
还要继续飘下去吗

善良与谎言

1

透明的人总以为天空是透明的
从来不认识眼前诡秘的雾

终于有一天发现
自己被扔在这片无情的雾里
赤身裸体，手足无措
前面会是善良的怀抱
还是罪恶的陷阱

2

原来雾是那么深
雾中的人
又是那么遥远

各有神通的雾
穿在各人的身上

又是那么令人眼花缭乱

3

是谁在编织
一个赖以栖身的城堡
用尽所有的沧桑
是谁守着一个
小小的笨拙的罗生门
就像攥紧
一个小小的钱包

劝　解

1

在迷雾中作战
你饥渴地睁大着眼睛

把深处盘根错节的脉络理清
也成了一种瘾

2

在一贯光鲜的皮肤下面
露出了陌生的毛孔

你固执地
剥开了生活令人惊骇的内脏

3

只要一齐热烈地鼓掌

就可以融入那和谐的洪流

只要收起你的偏激
就能在这块土地生活得惬意

4

可是你把所有真实的石头
都压在你的胸口

你应该知道所有的鲜血和风霜
有多重

你敢保证
有一天你不会叛变和出走？

5

你离黑色的天幕太近
被阴影笼罩得太久

你的脸太僵硬
你的诗歌太尖利

你抽干了生活的水
花朵都已经逃走

关于好人的想象

1

涌动的生灵
像大地上盲目的河流

世界
生起无边的水火

沦落的
总是比上升的多

好人的工作
是否像推着石头上山

2

地狱似乎没有穷尽
好人忽地一凉

面对那些黑压压攒动着的头颅
一颗心开始失去波澜

再过一百年
身后那些令人揪心的影子

会否模糊
或者远去？

善恶之问

1

英雄！你伟大的善
和滔天的恶
原来
是同一枚硬币
的两面？

2

似乎是宿命
通向善的道路
总是会陷入
恶的沼泽

3

你那纯净的善
注定历尽沧桑

也只能照亮小小角落

他的善来历不明
（也无人去追究）
却能轻易引来鲜花簇拥
如太阳般耀眼

4

如果做了秦始皇
我那些隐秘的欲望
是否会在一夜之间
像野草一样疯长

尽管我一直
按部就班地生活
或者在单位里
很乖

小职员的故事

小职员是一个单纯的没有本事的人
却有一些理想
小职员讨厌那些编造的文字
为了应付明天上级检查今天很忙
已经很多年了
小职员依旧远远没有实现理想
小职员因为太厌恶和太忙而哭丧着脸
小职员的脸不会造假
小职员真不会做人
小职员因为哭丧着脸而更加被人嘲笑
小职员的理想使人们在谈论和嘲笑的时候
更加津津有味

提油漆桶的年轻教师

在上级领导到来之前背水一战

扫除青壮年文盲

时间紧迫

必须在领导要经过的路线写上标语

稍微滑头一点的人都找借口推掉了

结果一个比较老实的年轻教师

被叫去提油漆桶

一个村里有文化的老人写标语

"背水一战，扫除青壮年文盲"几个字

写在了墙壁上

结果年轻教师的衣服沾上了两大块油漆

再也洗不掉

那件衣服带着一些书生气

（因为人是一个书生

所以衣服也沾上了书生气）

现在这件带着书生气的衣服

又带上了几分狼狈

不知怎么

以后年轻教师每当看到这件衣服

喉咙里就有一种苦苦的味道

顾家的老实人

老婆的心飞了
与别人跳舞跳花心掉了

可老实人还想维持这个家庭
老实人每天洗衣服洗碗做饭　寻找老婆　照顾儿子
老实人穿戴整齐擦亮了皮鞋带着礼品到丈母娘家
想请他们帮忙劝说　可他们避而不见
有人别有用心说你老婆现在就在情敌家里
老实人真的到情敌家去寻找老婆
在情敌家他找不到证据
在院子里被情敌推过来搡过去
被揪住衣领　被指着鼻子骂
他的情敌比他高出一头　比他干练
在情敌面前他显得委琐
他仰头与情敌对峙
但实际上底气不足

其实老婆的心早飞了
嫌他太老实

购买温柔

1

那个三十多岁的女人
不算好看
脸上刻了抹不去的沧桑
（她自己的纯情岁月
已经被淹没在岁月里）

但看上去还有一些残存的温柔
说话也细声细气
那种声音足以抚慰
一个民工孤寂的心灵

2

她在餐厅洗过碗
帮干洗店洗过衣服
现在给民工洗头敲背手脚也很利索
她很客气很礼貌

但她把时间把握得很准
多一分钟也不敲
民工想让她便宜一点
没想到她讲话有点泼辣
让民工的心情比来时更加郁闷

一个女人的旅程

1

你不知在哪里
又跟了一个

像是刚从水里
游到可靠的岸
你披着这个男人的皮茄克
站在男人的后面
你两手叉腰
显得蛮有底气

2

没想到你被一群结伴赶集的妇女撞见
她们是你前夫的同村人
顿时你被七嘴八舌的指责包围
你的前夫原来是个老实人
他帮你还掉了欠更早的前夫的债

可你总是无事寻事地找他吵架

像鞭子一样的数落
无情地抽在你身上
于是你拉开了架势
一下子显示出你的凌厉
和顽强

3

其实你瘦得像一根老藤
颧骨挺高
眼睛浮肿得厉害
看上去很没有福相
（应该会让一个善良的人同情）
但你吵起架来却颇为老辣
字字句句都带着咬人的力量

有人说其实你并不好看
居然也做这一种行当
大概你做得很辛苦
所以才会眼睛浮肿
这些年你几乎是四海为家
像一根老藤在荒郊野地里生长

4

被人逼到了墙角
你看上去像是
从吵架的地狱里出来的女鬼

那个男人不知什么时候跑了
你浮肿的眼睛
终于流出了黄黄的眼泪

穷小子的迷途

穷小子曾经穷得刻骨铭心
就像被压在泰山底下不得翻身
可自从加入这个集体
他第一次受到了热情的鼓励
不再被人看不起
在这里大家都把自己当人
因为同是天涯沦落人
兄弟姐妹互相倾诉互相安抚
让他明白了很多道理
心中充满了信心和勇气
这个集体是多么温暖
穷小子常常边吃饭边流泪
心里恨不得马上叫来可怜的兄弟
——

他回到家却发现
现实的路依旧寸步难行
而有些道理，显得多么苍白无力
当亲爱的伙伴用委婉的语言
把现实的骨感又一次摆在他面前
这个集体终于显露出它的势利

慢慢地他开始明白
大家为什么而来
又为什么聚在一起
一拨拨人来了又去
聚了又散
躺在这个集体宿舍里
穷小子听着周围的喧哗
像听着一堆浮云
无论开口说什么
他觉得都没有意义
夜深人静时
他感觉到一种荒凉
而窗外的夜色
是那么迷离

房子的学问

1

瘦诗人拖着疲惫的灵魂
在路边探头探脑地
欣赏着一些私人的花园和庭院
看到那些深深的别墅
诗人一下子厌倦了眼前漂泊的路

他终于对自己说
啊，找一个归宿吧
找一个靠山靠水的地方
在那里守着自己的清风明月
在那里躲进小楼成一统
就不会有俗世的纷扰
也不用和势利的房东们打交道

诗人总是不由自主地想象自己
在院子里种很多树
想象如何把这个灵魂的栖息地

设计得曲径通幽

而在哪些深幽处

该布置一根优雅的修竹

2

诗人拖着疲惫的灵魂

冒失地闯进售楼部

诗人幼稚的提问和落魄的模样

让售楼小姐们发笑

看看诗人清瘦的面孔

她们很快没有了说话的兴趣

经过一番狼狈的奔走

诗人终于对那些漂亮的别墅

开始有些望而生畏

对于别墅的来龙去脉

诗人是一窍不通

作为一个在社会上根基单薄的人

连房子的墙脚也打不下去

而别墅里的水电管道

首先要穿过地势复杂的丛林

要想让别墅在这块土地上站稳

真要有眼观六路的本事

其实多年来诗人与房子风马牛不相及
就像路边擦肩而过的陌生人
诗人在租来的小楼上忧伤徘徊
又或手舞足蹈
可是处理与房东的关系
总是显得有点糟糕
关于房子的学问
诗人实在是不懂分毫

3

偏执地想要安放自己的灵魂
诗人这一次下了狠心
勉强拼凑着买了偏僻的小套
总算有山水也有清风明月
但从此之后是每月付按揭的日子
从此之后被房子奴役
不再有闲庭信步的高雅

知识青年的邻居

上山下乡的知识青年

青春就在土地中荒芜

那一片狭窄的山谷啊令人窒息

知识青年会痛苦

是因为他有知识有文化

是因为他高中毕业

是因为他来自城市

知识青年的邻居

也是一个青年

只是小学没毕业

因为小学没毕业

所以不知道痛苦

因为不知道痛苦

所以没有人为他唏嘘感叹

知识青年的邻居日子很单调

他每天像一捆沉默的稻草

进出

多少年后知识青年们旧地重游

感慨万端

他当年的邻居还像一捆沉默的稻草

进出
关于知识青年的邻居
在历史上没有记载

文学女青年的婚姻生活

高中毕业的文学女青年
每天都在想象着远方的天空
可她的家被媒人踏破了门槛
文学女青年不想嫁人
嫁人就是折断自己的翅膀

在杂乱的稻草和农具和母亲的忙乱中写作
在串门的乡亲的揶揄的眼神中写作
母亲说：写几个字就能当饭吃么？
可她却说：青春是自己的
为什么这么轻易地交给别人

文学女青年决心嫁人了
也许因为一个相亲的后生
说了几句文绉绉的话
他言语间的一点点诗意
几乎让她的眼前一亮
……

每天深夜隔壁传来的吆五喝六的声音

是多么令人厌恶
文学女青年知道自己的生命
与这些东西风马牛不相及
文学女青年胸口发闷
久久地久久地望着窗外的星星

深夜里丈夫的吼声夹杂在其中清晰响亮
让她的心里一阵阵发凉
唉　当初那一点点可怜的浪漫

丈夫出门去打工
文学女青年一个人不能料理家务和农活
干农活时她总是有一种莫名的焦虑和惆怅
婆婆是真看不惯她
说她锄地像搔痒

每天在七亩地的空间里
文学女青年感觉正在将自己的青春活埋
而村里有人对婆婆说
你这个媳妇太不实惠

无名小花

这个喧闹的季节

舞台上缤纷炫目

把一朵无名小花看得身体炽热

蠢蠢欲动

可自己太不显眼

小人物被平凡的生活压迫得束手无策

她试着把自己的辫子系了一个奇怪的发型

招摇过市

可是没有人理睬

于是她只好开始扭屁股

像蛇一样乱舞

拼命地扭进人们的视线

在这个浮躁的季节里

她狂热地扭着

她的理想是扭出自己的一条路

很多人在后面看热闹起哄

这个季节可以看的热闹很多很精彩

让他们很过瘾

无名小花身上带着一些人的唾沫星子

还在执着地扭

看上去有点悲壮
可她还会勇往直前地扭下去
她深信总会扭出另一片天地

市场经济年代的老教师

您是另一个时代的好学生

您也一直是兢兢业业的模范教师

但近来您变得越来越暴躁

面对讲台下几个漫不经心的学生

您的焦虑您的激动您的急切

让人一览无余

显得您太缺乏城府

您苦口婆心的劝诫

总是让一些学生听得打呵欠

几个差生的一个眼神一个动作一个姿势

都是您的眼中钉肉中刺

让你胸口隐隐作痛

您的义愤太强烈

您道德的旗帜太鲜明

让一些人的脸上露出揶揄的笑

而有的学生觉得

您发怒时通红的面孔

您头上抖动的散乱的苍苍的白发

很好玩

你来上课他们就很兴奋

因为他们随便耍一点花招

就会有好戏看

顿 悟

　　我骑着一辆寒酸的三轮车，在路上吱嘎吱嘎；一辆豪华客车在身边疾驰而过。我看见里面坐着的都是高贵的旅客，其中好像有一个熟人。他当年资质平平，但咬牙读了二年补习班，现在身份非同一般。

　　客车转眼间消失在远方
　　显得优雅从容而又强大
　　只要坐上一辆高贵的客车
　　我就能成为客车里的高贵客人
　　就能很轻易地
　　到达望尘莫及的远方
　　这其实是一个很简单的道理

　　我跟在客车的后面
　　吃着客车的灰尘和尾气
　　像蜗牛一样
　　吱嘎吱嘎地骑
　　这么多年我骑三轮车送货
　　却怎么也骑不出
　　自己艰辛卑微的生活

都是因为高中时太讨厌课本

太讨厌高考

自由的思想甚嚣尘上

整天只想泡在图书馆里

听不进老师父母的规劝

还写文章痛批高考的弊病

好像真理掌握在我一个人手里

几个同学对我的慷慨陈辞不置可否

沉默不语

而我颇有些得意

现在想来他们是那么成熟那么实际

那么沉得住气

而我其实嫩得像豆腐

用这么多年骑三轮车的力气

何愁挤不上那辆高贵的客车

哪怕掉几斤肉或者擦破点皮

唉　当年为什么不把读讨厌的课本

当作骑三轮车送货

或者搬砖块背水泥

那讨厌的课本

原本是一笔最合算的生意

我在三轮车上

经历了一次顿悟
我已经完全没有了当年批判的锐气
我有气无力
低着头吱嘎吱嘎地骑

穷人夫妻

穷人家夫妻的床上似乎总是乱一些

小孩子挨骂总是多一些

穷人家的女人没有女人味

穷人家的女人吵起架来有特有的习惯性动作

穷人夫妻在夜深人静时吵起架来

会翻出盘根错节的旧账

在一个忙乱的琐碎的早晨

一个穷人家的读书人全力抵抗暴躁的情绪

因为读过书

但不知什么时候又忘了书上的话

暴躁得斯文扫地

接着是一个下午的颓废

在小山村听故事

那个老人
六十年代因为自然灾害
不得不从杭州的单位回家
生机勃勃的他起初并不在意
似乎相信青春可以飞翔

从龙变成鱼
鸟失去了翅膀
他终于体会到这句话的分量
杭州的同学羡慕他的田园生活
他却发现"家"字其实就是猪在圈内
如今与同学的联系早已中断
当年的照片散落在杂物里
他头发蓬乱，眼角积满了眼屎
这么多年，他没有飞出去
却在岁月中与泥墙屋融为一体
泥墙屋看上去灰沉沉
里面传出单调的生活的声响
让一个听故事的
向往外面世界的年轻人
感到窒息

沉默的母亲

像一捆沉默的稻草

你只是每天烧饭、下地

让儿子吃饱穿暖是你一辈子的心结

当你的儿子带着半饱的肚子

在山野间构筑着简陋的童话

你一直穿梭在风里雨里

长年累月你从没奢侈到在家里坐下来

装扮一下儿子纯真的梦想

如今他的童话已经在山野间匆匆地枯黄

他离开家乡

在外面像野草一样生长

江湖险恶　道路黑暗

儿子深入充满陷阱的丛林

当他回来时

已经变了模样

有一次儿子带着一个新的伤疤回家

脸上却露出诡秘的笑意

让你不知所措

其实你还没来得及明白
这么多年被各自的道路掩埋
你们已经天各一方
儿子长大以后
睡在了另一张床上
变成了另一个人
但他的一些习惯性动作
让你隐隐地有一种不祥的感觉
似乎不知什么时候他被妖魔附身

当儿子回心转意，不再漂泊
你喜笑颜开
一日三餐本能地伺候儿子
整天做他的影子
可当儿子坐着发呆
你苍老的眼睛多么茫然

乡村年轻人

外面是热火朝天

霓虹如朝霞般灿烂

时代的滚滚洪流让人热血沸腾

你像一粒小小泡沫浮在岸边

有时跃跃欲试

在临渊羡鱼的时候也兴致勃勃评头论足

可是你只不过沾了一点湿

就轻易地回到这个安逸的村庄

沉湎于现代青年的时尚快乐

许多日子握在你手中

像一碗碗洁白晶莹的大米饭

一个野心不小的计划被一部偶像剧

拖延

你喜欢把卡拉 OK 的声音开得很大

手握话筒的姿势也很优雅

你在乡村悠长的时光里

追随着外面精彩无限的世界

昨日的冷雨让人感觉温暖和安宁

而今天这么好的阳光

照得让人心虚

小偷和过路人

十七岁的小偷被抓住的时候

一个保安用脚踢他的脸和胸部

一群路人围着他

像是围着地上的一只猴子

小偷不是小学生

有老师蹲下来和他说话

并细细地端详

他脸上不易察觉的表情

小偷不是病人

有医生坐下来为他把把脉

听听他心里唱着什么歌

小偷不管有什么个人问题

总还是小偷

小偷跳进黄河也洗不清

小偷的名字

一些人会情不自禁地看不起他

他们匆匆地笑过又匆匆地离开

一个十七岁的小偷被抓

只是城市里一个极普通的新闻事件

播音员用高尚的话语
简短地作了严肃的道德评判
然后这件事很快就被不相干的人忘记

乖顺的鸟

过去的岁月是一个框

你的母亲就生活在这个框里

你在母亲的框里长大

虽然你对这个古老的框

朦胧地开始反感

但你还是长成了一只乖顺的鸟

虽然你已经清楚地看见

罩在母亲身上的框

却不能用剑把它砍掉

你是一只乖顺的鸟

你努力地在母亲的框里飞翔

你飞得很孤单

你的路上颜色单调

那里有太浓的母亲的影子

当你发现了远方

一个令你心跳加快的目标

你奋勇展翅

要飞离母亲的框

可你发现这个框是如此牢固

除非你发动一场革命
直到母亲流出眼泪和鲜血

你是一只乖顺的鸟
可你无数次梦见
你徘徊在母亲幽暗的森林
整个森林里布满了她固执的眼神
让你感到压抑

漂泊的陶渊明

1

对单位里达成默契的事
他经常搞不明白
终于明白了他又沉默
一个人在角落里长吁短叹
领导吩咐他写点东西
他就像嘴巴里嚼着苦瓜
同事教他要一点小小的手腕
他一下子就感觉不自在
好像屁股下放了针毡

他对酒宴是本能地回避
酒宴的刺耳的噪声
让他的心灵缩成一团
不像别人如鱼得水
在酒宴上他的笑容很勉强
他渴望走出来呼吸新鲜空气
或者到旁边的小房间安静一下

却总是被强行推搡
偏偏被当作灌酒的对象

有人说这个酒桌上的异类
像一棵高傲的莲花来来去去
起初让人觉得高不可攀
但不久他就被办公室里的人弄臭
变成大家眼里的一只穿山甲

一群打成一片的麻雀对于一只穿山甲
总是莫名其妙地充满敌意——
周围的气氛让他感到隐隐的不祥

对一个身上有屎的人
很多人都会顺便把屎拉在他身上
对于一只踩着有快感的穿山甲
毫无瓜葛的人也忍不住来踩一下
（最近那种被使唤的感觉越来越强烈
让他几乎失态）
……

2

这个始终没有被酒宴同化的人
至今还没有多少长进

大家都趁着过年赶紧拉关系
他却想着终于有时间到海边散散心
与久违的海风亲近

理一下纷乱的思绪
翻一翻压在心底很久的心事
此刻他又听见了那个
在远方呼唤的声音
终于他做出了一个冲动的决定
……
回到家他又猛然苏醒
家里还是凌乱
母亲还是憔悴
日子还是让人焦心
……

他坐在投奔表兄的车上
汽车扬起的灰尘
似乎把远方的那个声音
弄得灰头土脸
而他的思绪
有点模糊不清

他住在表兄家租屋的客厅
却对他们一家的纷纷扰扰感到陌生

表兄为生活奔忙表嫂有点刻薄

都有点看不惯他这个人

他与表兄一家若即若离

时时刻刻不安郁闷

也许他命该睡在客厅

因为他是这个世界的客人

半夜醒来风雨沙沙作响就在耳边

人总有一种漂泊的感觉

远处的山和溪向来让他感觉很可亲

也许他前世是陶渊明

但滚滚红尘已经强势侵入

把他的田园占领

优美的南山被过度开发

有了强大的主人

他已经不能在茅屋里立足

在东篱间采菊

也算不上一种技能

现在他要设法食人间烟火

也许还要带上帐篷

明天开始要给自己贴上标签

在这个世界卖出自己

明天开始要趟入江湖深处

首先要去敲别人的门
想起亲人们单薄的身影
明天开始
就要奋不顾身地漂泊浮沉

父亲的怨言

1

在那些没有名字的日子

你跟一个没有名字的人闲聊

一个梦就附在了你身上

那时这个梦在人们中间廉价地传染

它只是用一些浪漫的泡沫做成

你把这个时尚的梦

用一张张粉色的照片粘贴起来

在一间小屋子里精心打扮

从此这个梦就牢牢地罩住了你

你再也走不出去

梦有时若隐若现

有时似乎又近在眼前

让你神经兮兮

使你变得脆弱又容易崩溃

从此你就被这个梦

弄得糊里糊涂不省人事

你欣赏研究着这个梦的每一根汗毛

屁股的类型和牙齿里的碎屑

你见人就说起这些

总是那么津津有味

2

我眼睁睁看着你被这个梦卷走

却没办法把你拉回来

有一次我冒失地闯进

你那个据说是很优雅的梦

因为带进去臭汗和泥土

于是被斥责

我从此被牵着鼻子走

跟在无知后面帮着擦屁股

把狂妄的梦的洗脚水

顶在头上

我被纠缠在无谓的纷扰

用身体的一部分去填浅薄的无底洞

用一生的积蓄修补

一个脆弱的容易崩溃的梦

你的梦让我只好一点点地变傻

我本该是我自己

却只能这样眼睁睁地消磨

我踉踉跄跄走得心力憔悴

走到路的尽头时就走到水里

在水里，在死神出现时我猛醒
醒来发觉做了一个荒谬的梦
在梦里我一直被牵着鼻子走
被你的荒诞的梦纠缠着
只拖着一个壳走
那些被遗忘的思想的水泡
此刻一个个地往上冒
…………

注："父亲"，指一个追星族的死去的父亲。

迂腐的残疾人

公园里一个坐在地上的残疾人
在地上写着诗
叙述自己的遭遇

于是这里变得很热闹
似乎这个乏味的公园
又多了一处娱乐

残疾人情绪高昂奋笔疾书
一边还感慨万端仰天长叹
不时地发出嘶哑的怪叫声

有人为他的怪叫声而鼓掌
有人用手机兴致勃勃地拍照
也有人看了一会儿就觉得无趣了

一个曾经迂腐的文人
暗暗替他感到难为情
"诗人都是迂腐的
尤其在这种人多的地方做诗

简直迂腐得让人牙齿发麻"

一个历经沧桑的老江湖
还没走过去就哼了两声
胸有成竹地说
"一个假诗人！
如果用火去烫他的屁股
说不定就会跑起来呢！"

一个红领巾凑近了
一个字一个字地读出声音来
还久久地看着残疾人的脸

一个凶巴巴的城管走过来了
"哎哎哎！走开！
谁让你坐在这里的?"

残疾人赶紧用手把自己挪到屋檐下
一副狼狈的样子

人散干净了
这时候来了一阵雨
把地上的诗也冲个干净

贫穷的杨柳

年轻的杨柳长在水边
随风起舞
不知道自己的脚底下
真实的是淤泥

春天在别人的深深的院落里
而你的眼前坑坑洼洼
为了追赶春天
你越来越烦躁
你四处借钱
要先做出一个简陋的春天

春天在大街上炫耀
春天是时髦的
也难怪你
不愿意过一个结结实实的冬天

衣　服

如果把一个玩具娃娃涂上金漆
也就是金了
如果涂上粪
也就是粪了

如果把他的衣服
穿在我身上
我也气象庄严
也会一下子长出翅膀
我打出的喷嚏
也会让老虎发抖

如果把我的衣服穿在他身上
他就从天上跌落到地面
他就要在泥潭里走路
不用多久也是一副卑琐的模样

如果我和他都脱掉衣服
都是一堆肉
我瘦骨嶙峋

他有许多白斑
都会在地里风干

一年级男生

44 岁的男人读小学一年级
他背着一个新买的书包来到学堂
小孩子在后面跟着他跑
男女老少站在路边看热闹
44 岁的男人其实有点跛脚
但他的脚步风风火火
他每天准时来来去去
满面春风　风尘仆仆
脸上总是带着阳光般的微笑

他在上课时间从来不接电话
44 岁男人坐得端端正正
字也写得工工整整
放学以后
他还会组织同学们打扫卫生

44 岁男人的小厂效益挺好
日子过得很滋润
44 岁男人读一年级
是因为想学电脑打字和上网查资料

学了这些可以更好地做生意

44 岁男人的想法简简单单

44 岁男人的脚步风风火火

至于有的人嘴角浮现出来的一丝嘲笑

44 岁男人好像没有看到

少年末路

一看到课本就
禁不住打了一个大大的呵欠
整天像傻瓜一样坐着
又累又没有意思
要不，去讲台上把那个老头的帽子摘下来
哈哈，看老头那样可真有意思

"哥们，毕业待在家里能有什么意思
好歹出去挣点"
"为那点钱去卖苦力
做人还有什么意思！"

这个小镇太小了
天天在街上转也没什么意思
荤片看多了也就那么回事
有点没意思

大过年的没钱上网
真他妈没意思
不如去抢点钱

看那些豆芽菜吓得屁滚尿流

真有意思

弱者和命运

1

在巨大车轮脚下爬行的蚁虫
背上的伤口很丑
可怜的草根被卷上半空
折断
跌落深谷

2

游魂不死
残绿生根
在贫瘠里蔓延
却长成了强枝纵横

3

在阴暗的山谷里
我梦见一封信

无比亲切地飞临
醒时
我看见打开的玻璃窗上
映出了山外的亮光

厄运的末日

厄运向我示威：

"我的面孔漆黑而幽深

我早已在你身上

留下不可磨灭的印记

你手上弯曲的纹路

就是你坎坷的路程

你额头的凹坑

是给你设下的深渊

我的手掌是如来佛的手掌

你即便是孙悟空

也跳不出我的掌心"

"你是一棵大树，

你的确遮蔽了阳光和蓝天

你的根须又老又硬

盘根错节　根深蒂固

侵入了我的血肉

但我的眼睛带着智慧

我看清了自己　也看清了周围

也看到了你的根须

原来也有清楚的脉络
我要举起利斧
不惜砍掉自己的血肉
砍掉你的根
你就要轰然倒下！

而我身上就会长出新的血肉
和好运的嫩叶"

启　蒙

是那段时间的挣扎
让我真切地读懂了路边卖烤薯人
那盼望的眼睛
让我对一早有人推车出门
的吱呀声
不再听而不闻
让我嚼出菜根的香味
许多词语的含义
让我了解自己对书本的
皮毛的了解
让我读懂了身边
某个人的俗气和琐碎

让我开始端端正正地坐在桌子前
在风中工作
让我不浮不躁地踏入
淤泥般的生活

医　治

你，来自月亮的人
在这个地球上显得太脆弱
在这片丛林里你不会走路
你斯文扫地的样子
只会引来动物们的嘲笑和戏弄

真是个窝囊废
不如在浑浊的大海里
生活的一只小虾

在那条乖戾的河里
呛几口水吧
当很苦的中药喝下
淹死再复生
能医治你萎缩的双脚
和乳臭未干的浪漫

时间哲学

有一位小神仙认为自己长生不老

反正时间用不完

就在家看电视多看了几年

虽然神仙也有许多事情要做

不过再看几年应该没关系

小神仙越看越想看

越看越懒

除了看电视什么也不想做

最后小神仙痛下决心

再看一百年再也不看了

看电视的日子过得特别快

不知不觉过了一百年

这天有一位神仙伙伴来约他出去玩

小神仙兴高采烈地去了

他们在网吧打游戏打了一百年

打牌打了一百年

游山玩水玩了一百年

就这样过了五百年

小神仙一事无成
小神仙回想起自己做人的时候
十年就做了很多很多事情
学到了很多很多本领
原来做神仙会做得这么平庸
做人却会做得这么伟大

平凡日子的英雄

头脑里有杂七杂八恼人的事情
你能在坐禅时不走神
你表情平静
不紧不慢

也不像某个年轻人一样
在某一个早晨忽然面对前门的山
发出狮子一般的吼叫
展示他胸中万丈豪气
然后重新开始制订一个别出心裁的计划

而你只是每天去做完该做的事
不去做不该做的事
你心平气和地过着单调的日子
过年时挣了钱的邻居家鞭炮声震耳欲聋
门前人来人往
你只是淡淡地瞧着热闹
没去打听他做的是什么生意
在一个平淡无奇的烦闷的阴雨天
你也不会发呆

或者稀里糊涂地看一下午泡沫电视剧
在疲倦的夜晚你也不会
省掉烫脚这个必经的程序
你只是每天做好同样的事
然后变得越来越强大

又一个星期五

又是星期五了
这五天不知道是怎么过去的
反正许多事情就那样了
很难有什么改变
但星期五的到来总让人有一点兴奋
明天早上可以赖在床上看长长的电影
或者让头脑里的思维
海阔天空四处遨游
虽然没得出什么结论
至于电影
看过了就是看过了
也没记住什么
星期天下午似乎忙忙碌碌
柴米油盐家庭琐事
却磨磨蹭蹭没干出多少名堂
小孩子总是把玩具撒满沙发茶几
让人看着觉得烦躁
在家里久了就容易和家人有口角
我的脾气变得越来越差
偶尔随手翻起几本书

感觉脑袋里像塞着一块飘忽的棉絮

这两天时间又像电影一样过去

一个伤口的来龙去脉

街头巷尾的人
都爱到胜利者的酒会
凑个热闹
呼吸香车美女的气味
顺便拉个关系
说一些客套话
私下里跷起二郎腿
议论酒会主人光鲜的衣服
然后回家去呼呼大睡
他们习惯做胜利者的客人
不会去注意在角落里
那些捂着伤口的沉默的狼

汹涌的波涛
在狼的胸中埋葬
让他受伤的眼睛更加深沉
然而狼飘荡的灵魂并不会惊醒
那些正在呼呼大睡的人们

也许某一只自作多情的狼

总想说一下来龙去脉
向谁倾诉一下那个伤口可歌可泣的历史
但伤口就是伤口
只要是伤口就一定丑陋
它总会显得寒酸和委琐
总会让一些人情不自禁地觉得可笑

山　顶

星期天我爬上久违的山顶
看见我住的院子又小又丑
灰色的迟滞的旧絮
占领着全部
我看见自己语言平庸
举止委琐

在山顶摇曳的草木上我认出了我的初衷
我想起了风干的眼泪

我在山顶召唤闪电
我向大鸟乞求翅膀

当山顶的风鼓满我的胸膛
我怀念剑的锋芒

我要像狼一样下山
去啃断那缠绕的死结
和又老又硬的根蔓

寻找家的人

惯于想象的文学青年
曾经在青涩的日记里
把家安在纯净的月光中
在温柔的树阴下面——
还用精心琢磨的语句
把它这样那样地装扮

后来的家
其实就在堆着一些垃圾的弄堂里面
在这个家里
文学青年是如此无用
水龙头坏了不会修理
洗菜也洗不干净
原来家是由这么多琐碎的俗事组成
让一颗纯净的心灵多么烦忧

别人上门吵架
根本不知道该怎么办
让老婆没有安全感
客人来了　　总是说错话

——开口就说了真话
结果贻笑大方

受老婆的贬斥
满肚子怨愤和失望
——她怎么如此尖刻,一点也不温柔!

赤诚之心

把心如白纸铺展
在人家眼皮底下
却被强大的手用来擦屁股
弄皱扔在角落
稚嫩却狼狈的脸
写着窝囊

诗　人

诗人带着他执着的额头

和浪漫多情的眼睛

站在豪华大街的角落

在众多喧闹拥挤的车流中间

他的诗歌薄如纸

贱如纸

只配用来包裹

一块新鲜的猪肉

受伤的凤凰

受伤的凤凰
落在一堆蓬蒿
那里　有几只山鸡
昂首阔步　不时地腾跃
它们看不懂凤凰美丽的羽毛
却对它的伤口
入木三分地讥嘲

呵，那委琐的缠扰
和耳边刺耳的不停的聒噪！

小小肥皂

只是一块小小的肥皂
就该把终生抹在衣服上
只是一片陪衬的绿叶
就不准开花
家养的鸟会变成鸡
还想去搏击长空？
好好在笼子里下蛋！

弱者的臆想

命运之神的连环计

设计得天衣无缝

它先安排让我受辱

然后让我读到越王勾践的故事

因为人活一张脸树活一张皮

于是我必然卧薪尝胆

像勾践一样

悲壮地开始复仇的征途

然后它在我必经的路上

挖好了陷阱

布置了迷宫

我在迷宫中奋战

却听不到有人在身后

冷笑的声音

看不到旁观者正饶有兴趣地

在欣赏我拙劣的战斗

像在看猴子表演一样

我忽然发现

自己走进了一座狭窄的深谷

没有出口　寸步难行
顽固的青藤缠满了身躯
我越挣扎　它缠得越紧
而不知什么时候
众人的唾沫星子
又挂在了我的脸上

沦落的叶

夜夜卧听
窗外百无聊赖的水声
看着又一片绿叶
沦落
那个夏天铸造的剑
在消蚀

呵！为什么！
为什么不整起衣冠昂首向前
哪怕像一个双脚萎缩的人
在山路上跌得鼻青脸肿

无花的枯枝

被自己的灰色影子埋葬
当亮丽的雨降临时总是
无力伸出双手
想向你呐喊
但总是喊不出声音

血液被自己
囚禁
畏缩的脚
把脚下的阴沟
看成万丈深渊

失去花的枯枝瘦削
如那双忧伤渴望之眼
徒劳地伸在风中

文雅书生

文雅书生
用月亮上的好东西
来滋润自己的诗歌
降到地面时
猝然发现自己的身躯
是那么单薄

在你那高高的月亮上
枝叶婆娑的美人
原来早已逐风尘而去
或在豪门鲜艳地盛开
冲天怨愤如跳蚤
却还是
穿着孔乙己的长衫
与春江秋月相依为命

丑陋的色狼

穷酸书生，浪漫的冒进者
像一只穿过大街的特大的甲虫
众人都在它的背上吐一口唾沫
可是甲虫欲望的脖子伸得很长很丑
很丑地伸向灿烂的花朵
像口吃的人笨拙地诉说自己的多情
得到一声尖厉的嘲笑声后
就惭愧成哑巴
一个跛脚却穿健美裤的老妇人
是我的朋友
众人说漂亮极了
两人非常相配

面　壁

苦坐面壁
在人迹罕至的寒山
枯坐成一株光秃秃的黑树
何日轰然破壁？
黄卷青灯里
将有红颜如玉

忽闻楼下少女弹琴
引得心胸一股暗流
酸酸地动
又似慰抚的甜蜜！

卑微的思想者

呆啊呆，做灯台。
　　　　——仙居俗语

一个做灯台的人
做的是服务性的工作
一个呆啊呆的人
是一桌酒席的附属

在别人的酒席间奔忙
他的嘴巴被割了
他的思想是沉积在地底下的煤
他做着不喜欢的碎屑
把自己无谓地耗损
他穿着不合适的鞋
水灵灵的肌肉生生地被磨出鲜血
他扭曲着身子生长
可不知怎么地
总是让人看不顺眼
还把酒席搞得有点僵
他的思想有时也在喉咙间嗫嚅

有时也在头脑里徘徊
但他在忙碌中忘记了自己
他褴褛的手稿在角落里荒废
呆啊呆的人
淹没在刺耳的酒席的声浪里
他的思想在慢慢地发霉

注：灯台，在没有电灯的山区在酒席边举着油灯的人。

陈旧的结

售票员似乎越来越老了
让我想到自己喉咙里那多年的
有气无力的痰
车里有人瞧了我一眼
那种眼神有说不出的味道
让人琢磨了好一会儿
却没能得出一个结果
在这个问题上
我又不了了之
我总是无缘无故地
觉得驾驶员的后脑勺很像一个人

在缥缈里随波逐流
车厢里的嘈杂像一个遥远的梦
车窗外飞过一只鸟
我总是跟着那只鸟
到很远的地方
它或许会路过
我年轻时的一个梦
虽然它早已在路边发黄

有很多事情搁在心里
像一个个陈旧不堪的结
像一块块荒地晾着
可我的思想软绵绵的
像一摊烂泥扶不上墙

斗室的历史

每一记敲门声
都像一只苍蝇
卡住我的喉咙

敲门声又响时
我的肌肉已被割裂
敲门声对我而言
像一把刀一样锋利

我处在敲门声的包围里
敲门声不会停歇
如果完全不理睬敲门声
就会变得没有立锥之地
如果我不理睬敲门声
门外就会掀起千丈巨浪
让我这间小小的斗室
成为一座孤岛
在海上风雨飘摇
我总是想在自己的斗室里
忘情地耕作

却忘了自己可怜的斗室
只是依附在一张盘根错节的网上

多年来我总是学不会
冒着劈头盖脸的陌生的风
走出门去
把自己隐藏在风里
我的皮肤一直是那么敏感
我的身体一味地起着排斥反应

而我身上的血液
也始终没有换掉

火的宫殿

——纪录片《宇宙的运行》观后感

我们都来自
上帝烧的那把烈火
身为上帝的作品
火的子孙
我们是多么荣幸
我们忠诚于火的事业
为它无穷无尽的魔术
而欢呼

是上帝让这么多巧合发生
是火创造了独一无二的我
我应该在那块不会风化的石头上
刻下自己的名字
在那座火的宫殿里
占有一席之地

一个小诗人至今信守着
文章千古事的格言
一字一句地琢磨着自己的诗歌

一厢情愿地
为那座火的宫殿添砖加瓦

可是火呵
你终究要吞噬自己的宫殿
自己的子孙
你伟大的魔术
是一项事业
还是一个游戏

诗人与沙漠

诗人一直经营着
自己那个永不枯干的名字
把它看作质量最好的压缩饼干
里面装着优美的年轮
有激情和心血
有燃烧的火焰

诗人其实已经看见
身后
是无边的强大的沙漠
在所向披靡地蔓延
(当花朵盛开
它在黑暗里虎视眈眈)

有谁知道
沙漠里曾经有过多少火焰
(火焰一出生
就已经落在沙漠的口中)

在无边的苍茫之中

诗人的火焰
如风中之烛

菜　鸟

菜鸟从来

把笑容只看作是笑容

把赞美只看作是赞美

如今它满身伤痕，茫然四顾

却不知道暗箭来自何处

也不知道自己的翅膀

为什么越来越沉重

菜鸟一直飞翔在自己的天空

没有侵入别人的领地

但无意之中总是

让自己灵性的羽毛淋漓尽致地展现

它满怀激情地拍打着翅膀

一路高歌奋勇向前

却落下一路赤裸裸的天真

它不知道自己羽毛的光泽

恰恰是别人的阴影

也从来不能体会

阴影背后不可告人的痛苦

菜鸟从来想象不到

那些沉积的阴影会慢慢地汇成一条暗沟

而自己的翅膀会在这条暗沟中

莫名其妙地夭折

白天与黑夜

苍茫的白天
我不得不深入那漫天浮尘
在喧嚣的大路边折腾
陌生的风
几乎要把我吹成另一个人

孤芳自赏
却已经摇摇欲坠的田园
如今要进行千头万绪焦头烂额的改建
我只好忍着疼痛
跟着那盲目的机器旋转

那条来自月亮的溪流
为什么变得越来越浅
杂乱的沙砾不断堆积
终于让它荒草一片

我走进亲切的黑夜
黑夜已经被缩成一枚小钱
耳边还响着嗡嗡的声音

白天的粉尘神经质地飘舞在眼前

我深深地闭上眼睛
寻找自己那一片林荫
我来不及端详自己的身影
却感觉到尖厉的白天
又已经在身后逼近

我已经被白天剥得一无所有
像是一段空树壳被扔在工地上

骄傲的浪花

一朵浪花
总觉得自己在空中的曲线
特别优美

她不甘心
被一波又一波的后来者
淹没在大海里

一朵浪花看不见大海
也不知道自己
只是大海的泡沫

一朵浪花很短暂
无暇去学习别的浪花
也无暇去经历大海

一朵浪花
为了在无数的浪花中更加出色
耗尽了一生

纠结的问题

终点已经越来越近
还在被日子牵着鼻子
急速地奔波
在一个单调的轮回中
不由自主地旋转

为了维持这样一份
还过得去的日子
就不得不
把沉重烦人的日子背在身上

眼看着日子一片片破碎
像落叶被扫进垃圾堆

有些问题让人一辈子纠结
如果打破日子
是否会落入悬崖
如果凿穿黑夜
是否会通向一条道路

想象一个名词

1

当一个显然高大上的名词

赫然光临我卑微已久的邮箱

我当然会不胜荣幸

而站在这个名词肩膀上的人名

让我不禁抬起头仰望

这个名词带给我巨大的鼓舞

它给我这个籍籍无名

一直低头行路的人

送来一顶桂冠

我迫不及待地要赶去

把这顶桂冠戴上

坐在车上我似乎已不再卑微

这个名词

已经让我的举手投足

发生了变化

……

2

后来一些事件的细节
和感性认识
却轻易地摧毁了这个名词
而那个让人尊敬的人名
与一段委琐的语言捆绑在了一起
坐在回来的车上
我感觉像是吞下了一只苍蝇
……

3

在一条属于自己的路上行走
留下自己的印记
在生命的泥土里深深地挖掘
获得自己的果实
为什么要时时地竖起耳朵
听听周围有没有喝彩的声音

花海独语

1

超出我的想象
它们的美让我惊异
我深感无力触及

那样辽阔的气象万千的土地
催生了无数不同的花朵
看起来令人眼花缭乱

当我感叹大自然的造化
不禁隐隐担忧
那一片浩瀚的美景
会否淹没了我的风姿

2

"只要在自己的土地上
开出了独一无二的花朵

就可以坦然地站立
知足地摇曳"

......

"我也是宇宙的作品"
经过了一番跌宕起伏的思考
一朵花拍着胸脯，说

冲突与反省

要到大城市住院

这个消息对我来说是一个晴天霹雳

像一根尖利的长枪

插入了我宁静脆弱的心脏

平日温顺的我一下子方寸大乱

与家里人起了争执

我讨厌在城市陌生的路中间焦虑地寻找

在拥挤的急躁的人群中排队

那时一个巨大的未知悬在我心头

仿佛时刻面临深渊，接受命运的判决

也许很快我也会像那些人

带着一张憔悴的面孔匆匆来去

开始乖戾地叫喊

照我看来这纷乱的一切

不如我一个人在安谧优美的院落里

渐渐失去知觉

和某种意境融为一体

而现实是我不能把这种想法

套用在别人身上

眼前我担心昂贵的价钱超出我的心理极限

这些钱花得太不符合我的理念

在医院的走廊里

我的灵魂激烈地纠结和冲突

因为我是田园派，是自然主义者

但也许像一个坦率而严厉的朋友说的那样

我其实就是什么样的人

到大城市住院

这件事一直是悬在我头上的利剑

是我的克星

我今生能不能逃过

自由生活

热爱自由的人
终于获得了自由
我在无穷尽的精神世界中央
无所适从
许多扇门在我眼前敞开
这个世界处处有我的大餐
我于是不停歇地转悠
和浏览
转身我看到又一个陌生的房间
里面有让人难以想象的秘密
对我有致命的诱惑
只是还需要挖掘
才能打开第三重门
通向所有的房间
我内心纠结
却还是放不下外界的精彩纷呈
先去欣赏十里桃花的故事
转眼岁月已老
自由的代价是大把的时间
而我已经彻底平庸
并且头脑空空，一无所有

中年之困

1

雨就是下个不停
在多年以后的一个阴沉的日子
火焰已经显得苍白
风不再起
对于诗和远方，我无话可说
事实上，它被一次次的自我观照
化解得一文不值
过去岁月的青涩，早就成为定论
对这个世界纷飞着的风花雪月
我自认看得很清楚
因此，女神也不复存在
四十不惑
我热衷于把这个世界条分缕析
可为什么阅尽人世
大脑终究还是一片空空

2

在发着呆时有个声音告诉我

我只不过是一个人

于是稍稍苟且一下

钻进三生三世十里桃花

赏心悦目一番

不知不觉，我又在里面越陷越深

于是在夜梦里我妄念丛生

蔓延无际

有时觉醒，却懒得动弹

任凭尘根滋长

连续剧终于结束时

房间里一片沉寂

只听见外面传来单调的雨声

3

很久没有痛快地去一次临海了

窗外的阳光也不属于我所有

这几年，是那两个字在一直拖着我

我在拖着自己

模范们的故事让人压抑

（甚至隐隐地抵触）

这几年，我眼看着自己被一层层剥开

在夜深人静时

那不可说的一念，已经露了脸

第二春

一旦被理想中的百合唤醒了

听到了真切的花朵开放的声音

就是打开了一个陈年黑屋子

把那旧灵魂放了出来

这一次它四处飞翔，追逐

（尽管肉体的躯壳已经开始衰败）

比谁都躁动

它尽情沉迷于上帝的作品

造化无穷的魔力

不幸的是浪漫的年代已经过去

世界变了，花朵变了

可怜的灵魂

走上了一条充满风险的道路

它忘记了自己沧桑的身体

还被捆绑在盘根错节的现实丛林

忘记了自己的这一身皮囊

上不了爱情的台面

它耗尽真诚

在路上折腾狼狈了很久

才明白这条寻找百合的道路

如今充满了迷雾和陷阱

而很多所谓百合

其实早已不是自己的菜

遗失的古道

路边的野花
还在默默地开放
野草独自萧瑟
可是石阶上那清寂的月光
遗失在何处
还有背盐人脸上的晨昏？

那曾经被枫叶染红的天空
已经失去了诗意
路边的养鸭场带来了嘈杂
把某个故事的发生地
盖上了错乱的脚印
让一个静静地寻访古道的人
隐隐地惆怅

望着沧桑的古道消失在
大山的深处
就像追踪岁月的背影
我深深地凝视
路边的残壁

抚摩着那青苔里面
凝固的年轮

光阴啊
我能否进入你
重来一个悠长的轮回

主与客

这个院子一直住得很挤
斑驳的院子里有深深的秘密

主人的房间金碧辉煌
其实里面是一片陈旧的
层层叠叠的血色
在宫殿的深处
有一双双被埋葬的眼睛
主人最怕的是夜里梦醒以后
看见房间一片空荡荡
那个宝座孤零零又阴森森

自从主人坐上那个位置
就不可救药地变得偏执
他整天盯着这个院子
他眼里容不得一粒沙子
经常在一首山水诗里钻牛角尖
结果被自己的疑心病搞得筋疲力尽

于是住客们都把自己的面孔

涂抹得像一张张圆圆的笑脸
眼前那个冒失鬼凄惨的头颅
又让他们的功夫更深一层
终于他们把自己的身体
锤炼得像水一样柔软

主人嫉恨住客们互相串门
于是聪明的住客帮着主人出主意
使大家互相吵架互相疏远
有些聪明人则靠着告密发家
与他们朴实善良的邻居
结下了难解的仇怨

黑夜里不知隐藏着多少双眼睛
有人在偷听有人在算计
住客们都近在咫尺
却隔着千山万水

人们身上长出了各种各样的武器
很多人进化成了变色龙
住客们一代比一代聪明

这个院子没有天真的声音
也没有什么新鲜的话题
人们怀揣着一双双血红的眼睛

却总是看不见天空的透明
大家始终不能促膝谈心
一间间小屋七零八落像一盘散沙
越靠近主人的地方越是死一般寂静

好不容易有几年住客们相安无事
可是当新主人在院子外面叫阵时
大家不得不开始一场惊心动魄的赌博
不知该何去何从投奔哪一方
有人想远走高飞当隐士却不知所终
多数人插翅难逃只能陪葬

住客们的小屋又开始风雨飘摇
有位大伯死抱着前任主人的灵位
看起来那么迂腐
有人逃出去为新主人卖命
却也没有好下场

又一个新主人到来时
人们已经面无表情
只是习惯性地低着头走路
多年以前旧主人败落
忠义的人几乎把自己撕裂
换过太多主人以后
很多人渐渐知道自己只是住客

大家只是换一套衣服
换一个发型
在自己家屋顶插上崭新的旗

灵活的住客们又开始互相推挤
都想挤到新主人那里
有人已经谋到一份差事糊口
于是他昔日的伙伴看见
一张熟悉的脸
变成了一张官样的脸
一夜之间变得遥远

这个院子一直住得很挤
斑驳的院子里有深深的秘密

辫子戏

曾几何时
那蓬勃的高扬的
野马一般的头发
是一种美

几百年前
头上的尊严被剃尽了
几千年的风骨被剃尽了
诗人们和英雄们的豪情被剃尽了
光秃秃的头颅和老鼠尾巴
令人触目惊心
从此耻辱如影随形
顶在头上
拖在身后

前朝的火早已熄灭
凄厉的血开始褪色
萧瑟的风慢慢吹着一切
人们已经习惯了枕着辫子睡觉
辫子就是全家人的命根子

让人感到踏实和安稳

岁月开始重新积淀
辫子看起来越来越亲切
辫子在头上生下了根
蔓延到人身体的各个部分
皇上说辫子很美
辫子就会真的看起来很美
人们开始给辫子加上各种装饰
参加皇上组织的各种评选

现在看起来
没有辫子的人是多么丑陋
他们成了招人打的过街老鼠

辫子戏开始在民间流行
辫子戏记述皇上的辫子也曾历尽周折
终于成为一条伟大的辫子
配上插科打诨的配角
辫子戏就成为老百姓的文化大餐

黑白二道

安分的虾儿其实很明白
自己掀不起大浪
在阴处聚不起风的人
在阳处也不能下雨

就像那些小兄弟
只能在草莽间做做强盗
只有江湖的佼佼者
才能登上庙堂
（只有他们才能镇住各方蠢蠢欲动的黑暗
创造另一个冠冕堂皇的白天）

换上一身新装
他从此每天坐在光天化日之下
学习光明正大的语言
让百姓规规矩矩地行走在他的阳关大道

从前那些人和事
已经显得不合时宜
这时他悄悄地动动手指

黑暗就在他的手心里
翻云覆雨
（他曾经在白天的夹缝中摸爬滚打
最通晓黑暗的规则）

陌生的黑衣人
又留下一片血迹
古老的江湖
此刻看上去一片萧瑟

看一组真实的照片

看了一组真实的照片
才知道他长得其实有点矮
他的头发被风吹得有点乱
他手里的篮子画着一朵花
那朵花有一点俗
但他笑得很真实很可爱
一个受尽苦难的孤儿
对摩托车有点好奇
对时尚有点向往
对拍照片有点喜欢
这一些都让人感觉亲切
一个受尽欺凌的孤儿
对同志像春天般温暖
就像一朵小花在冰雪融化之后
在田野里尽情开放
一个没有家的孤儿
对集体满腔热忱
就像一只流浪的小鸟
找到了它的窝
一张张生动的照片

何必要把它涂红
又把它抹黑

求　证

在你的旧作里
我追寻着你的灵魂
在无数充满火药味的文字和唾沫中间
我努力辨认着你的身影
我曾经在一个诡秘的迷宫里
丢失了你
我曾经真的相信
你是一个深不可测的魔鬼

我一度放弃了寻找
因为对那些盘根错节的前因后果
和纷繁复杂的历史风云
以及不可捉摸各怀鬼胎的人心
我无力一一求证

今天意外看到你说过的这段话
我奉为至宝，无比欣慰
似乎又一次看到你亲切的面孔
我如饥似渴地查找相关资料
因为这是你灵魂的证明

也是我精神的堡垒

在这样的年代
我一味地求证你灵魂的真相
其实
是为了安顿我自己

传说中的水库

传说中有一个很大的水库
水库在难以想象的高山上
许多人登不上去
他们也看不见
他们也不想看见
他们只是在闲谈之间
在打扑克时提及
曾经有一群圣徒般的人
沿着陡峭的路爬到水库
并且把水引下来

传说中有一条宽阔的水渠
从高处的水库流下来
一路激情高歌气势磅礴
可是当水渠流到拥挤的洼地
就会碰到磕磕绊绊
尖锐的刺耳的声音从内部升起
水渠变得千疮百孔
四分五裂
有些人把家门口的水渠

变成自家的田埂

种上了东倒西歪的庄稼

让原来的水渠

看上去七零八落

旱季很快地来临

大地长满了荆棘

此时有没有人相信

在高处存在一个巨大的水库

要靠一群圣徒般的人

爬上水库把水引下来

帽子上的标语

唱着高高的调子
一本正经地
给自己戴上高高的帽子

为了跟上调子
大家都把一顶高高的帽子
戴在自己头上
没有人觉得这顶帽子有些异样
因为戴着帽子很安全
能阻挡一些不可预料的风雨

还有几个别出心裁的人
在帽子上写上标语
他们是我们之中的活跃分子
已经抢先占领了那块高地
于是另一些人也模仿他们
这样大家的帽子上都有了标语
标语随风高高飘扬

帽子越来越高

越来越尖利
有人把它用作矛

而漫天竞舞的标语
纠缠得难解难分
让人看不清黑白

寻找光环

在高高的空中
有一个熠熠生辉的光环
因为它从黑暗和寒冷中诞生
经历了血与火的洗礼
……

当年轻人还在赤诚地仰望
他身边有本事的邻居
已经将了一把光环涂抹在自己的脸上
让自己的脸也熠熠生辉
让年轻人也对他肃然起敬

那邻居趁势抢先登上了高台
但依旧是一副臭脾气
不讲理，喜欢欺侮人
刚直的人向他挥出拳头
可是罩在他那身上的光环
就像铁布衫

于是年轻人用迷惘的目光

遥望着空中那一团温暖的光环
他相信在那团光环后面
有一张慈祥的脸
他试图给那团光环写信
却没有回音
他明明看见信已经飞进那团光环里
却好像是掉进了缥缈的空气

年轻人向着遥远的光环
声嘶力竭地喊
喊急了用石头扔——
都无济于事
那一团炫目的光环
始终可望而不可即
他真想知道
在那光环里面，究竟有什么

年轻人开始向着那团光环前进
可是要经过阴暗的丛林
有人使绊子有人设了陷阱
有人恶狠狠地威胁
还把年轻人当成疯子捆起来

年轻人在监狱里
想找一扇天窗

可是被厚厚的墙壁挡住
他总是搞不清楚
自己和光环之间，究竟隔着什么

制服和女人味

穿上制服的女人到了台上
就很严肃
在台上的女人
只要与这身制服融为一体
就能稳稳地坐在台上
只要紧靠着身后的背景
就不怕多变的风云
在台上的女人
面对台下应付自如

在双休日
穿制服的女人
换上一身水一样的服装
还是一个水一样的女人
她可以到商场里去
美美地购物
可以在家里
放开喉咙唱歌

因为她能把制服做得很精致

她那顶在台上用的帽子
做得特别漂亮
她已经把制服和帽子
密密地缝在一沓总结汇报里
就像许多女人一样
她做事很仔细很认真
把该提的都提到了
把该抄的都抄上去了
而且字迹工整优雅
词句也很有文采

塑造花朵

有没有一双强大的手

在塑造着花朵

广场上开满了鲜嫩的花

整齐地立正、呼喊

可有谁知道这个广场

已经被封闭得吹不进风

在貌似单纯的天空后面

乌云在酝酿

天空终于坍塌

花朵被淋得像落汤鸡

就这样换了一个天空

广场也露出了它斑驳的底色

再没有集体舞

花朵们争抢着各奔东西

在花朵开放的地方

终于是一片狼藉

是否还需要一双强大的手

重新塑造花朵

不安的小镇

再没有什么可以瓜分
各家紧闭着门
昨天的喧嚣
让这个小镇陷入了更深的沉寂

路边的生活垃圾很臭很难看
公路被踩蹦得千疮百孔
广场上长满荒草

一本旧杂志在地上被踩得面目全非
每个人都像一朵浪花
心急火燎地奔向生存的大海
一些似曾相识的人淹没在人群里
不知道他们买了去哪里的车票
如今大家都是被倒在平地上的水
流向东南西北方

有个人不习惯人群这般地拥挤
他带着零乱的行李　目光迷离
他的那个青梅竹马的姑娘

赶上最后一班车走了
她已经剪掉昔日的长发
留下一个陌生的身影

听说有人被卷进了漩涡
还在急流里翻滚
有人像沉渣一样
被埋到了底层
也有人已经是另一个圈子的人
跟我们早没有了缘分
而在我和你之间
留下了一道永久的伤痕

大海已经浑浊不堪
一片狼藉
纠结的急流依然难解难分
几乎让大海得了癌症

悲壮的舞蹈

1

等到丑小鸭生出鸭蛋
黄花菜都凉了
这群不产蛋的丑小鸭
需要太多的粮食
所以瘦瘦的丑小鸭
只能在不起眼的角落里
做一个小媳妇

丑小鸭会变成天鹅
只是一个传说
天鹅会生出巨大的蛋
那也太遥远
用肉眼看不见

2

传说天鹅的舞蹈很美

但是天鹅飞得太高
会飞出主人的舞台
丑小鸭都变成天鹅飞走了
谁来给主人跳舞？

站在别人给的舞台
就要按规定的动作跳舞
戴着特制的镣铐跳舞
沉重的镣铐
让丑小鸭体内的天鹅
奄奄一息

种子车间

那些看起来千奇百怪的

活蹦乱跳的种子

都来自大自然

它们长着生动的人的脸孔

有着丰富的细腻的表情

有的在尖叫

有的在唱歌

可是这个车间的传统

是以俑为美

俑有一张标准化的脸

俑的笑容

被修整得恰到好处

为了整齐划一

每个俑都要摆出一个生硬的姿势

车间有一条严密的流水线

流水线的工作

就是将一颗种子磨成俑的形状

无论是哪个部位的形状大小

都要经过各种尺子的测量
在各个方面
都要符合车间委员会制定的要求
有棱角的部位要磨圆
太短的地方必须拉长
别有情态　弯曲有致的种子
要一律拉直

一列整齐威武的种子成品出炉时
车间委员会很有成就感

剩下不能过关的种子
会被禁止发芽
或者没有机会
进入土壤

一列整齐威武的种子成品出炉时
很多种子成了哑巴
它们以俑的姿势站立着
茫然地混在壮观的麦苗之中
悄悄地烂在地里

模糊的面孔

控烟办公室
也是要一块招牌的
桌子上也摆放着条例
但是这么多年
办公室无人投资维修
看上去只是简陋的空壳

留守办公室的人
说话带着官腔
但长着一副模糊的面孔
让不经事的人
捉摸不透

很多能人都跳槽到烟草公司去了
大家的第一反应就是羡慕
有能力的在哪儿都会做得好

公司大楼俨然是这个国度的强人
嘴角似乎带着嘲弄的微笑
它亲身经历着这个国度

关于烟草的全部秘密

但是它依旧把烟盒上的烟草文化
做得很精致

不和谐的曲调

搭戏台的人
只是为了造一些声势
为了一个门面
为了给这个担负着使命的广场
添上一个花边
而戏班子的人
大都能紧紧把握这个广场的脉搏

可是偏有一个唱戏的人
唱着不和谐的曲调
她没有搞清自己该有的角色
她好像忘了自己
是在这个戏班子里讨生活

她不管不顾地唱着
她唱得慷慨激昂
唱得曲折婉转
唱得入木三分
唱得看戏的人们
听出了自己的前世今生

和深深埋藏的悲剧

她不管不顾地唱着
直到这个广场
那华丽的装饰纷纷剥落
显露出它本有的荒谬

搭戏台的人
感觉到了危险

地方历史

风曾经路过这里
刻下了自己的名字
那宏伟的笔画
却成了大地的伤痕

青蛙曾经在这里叫得很响
把这块土地吹得虚胖
然后任凭它破碎

龙虎曾经在这里争斗
它们卷起的暴风
伤及无辜

而今又有人
找肥沃的地方提炼珍珠
排泄有毒的污水

在被反复蹂躏之后
癌症开始蔓延

秀才的沦落

秀才遇着兵
斯文的长衫被用来扫地

无缝可避
深幽的山上也没法栖身
秀才遇到兵
从此混迹于兵的行列

不知何时
秀才的字里行间
已经显露出兵的嘴脸

就像一个兵
不由分说地给你扣上铁帽子
不知不觉地诱奸了你
一棍子把你打入深渊
一屁股占领了圣洁的殿堂
（或者仍然像一个秀才
斯文地做完这一切）

秀才的字里行间
历史在苍茫中沉默
泡沫在喧嚣
孩子们误入了凶险的黑洞

秀才的灵魂
被埋在地下已经很多年
或者说是一直漂荡
在不安定的江湖

交　差

差役骑着高头大马，带着老爷的慈悲的指令。
他无暇俯下身去，理会路边惨淡的光景，
却能仔细揣摩指令的精神。
指令表达了对新一批坏人正义的斥责，
照例用一连串的词句谈论了高远的理想，
并下达了此次光荣的任务。
另外，指令勾勒了老爷心目中坏人的典型模样、
人数和出没的范围。
差役不由分说地出发，乘风破浪，
坚决彻底地执行指令的每一个字，
向着指令中所憧憬的崇高的目的地。
不管高头大马踩死了多少小猫小狗，
都不能影响宏伟的蓝图。
车轮滚滚，差役不愿去听车轮底下不祥的声音，
碰到有人挡道，就拿出雷霆的手段。
差役履行了老爷的良好的意愿，
交了差，立了功，领回了更加金光闪闪的尚方宝剑。
不过，那个崇高的目的地看起来还是相当渺茫。
不同的是差役如今衣锦还乡。

红印章

自从有了这条意外的财路

大家都比着谁的手长

村里谁的手最长

就能伸到天上

领到一个盖着大红印章的证

建立一个权威的站点

这个点在一夜之间

就用乱石建成了

虽然简陋和匆匆

但这是一个饥渴的年代

大家排队都争先恐后

有人插队有人冒名

队伍里刁民形形色色

在这个队伍里大家也相信

手长的人会占便宜

而更有本事的人

眼睛还会盯着天上

他们强悍地搭起天梯

把似乎显得矜持的天

打开了更大的口

拿到了更多的大红印章
如今那些难辨真假的印章
已经像不可遏制的洪水
泛滥地流行

老江湖新江湖

—— 电影《老炮儿》观后感

1

在这个苍茫的江湖
你曾经与几个无家可归的人
在萧瑟的草莽间碰在一起

你们搭了个山寨安身立命
也竖起旗帜排出队列
慷慨悲歌　用烈酒温暖自己

结果还是免不了
在雨打风吹中
落得个满地狼藉

2

累世的风云还是你胸中解不开的情结
此刻走在道上却分明感到异样

那群人的脸孔，看上去是如此陌生

如今这又是什么样的波诡云谲
那些人似乎都长着不一样的心肝
老英雄一时之间，摸不透今日的江湖

你徘徊在昔日的山寨
背着手落寞地站在街头
你的满肚子老理儿都成了笑柄

不知名的洪流汹涌而来
你还是要让自己像中流砥柱
立在中央

3

一辈子看惯了苍茫的江湖
可曾见什么持久的烛火
在高处温暖照亮

经过一场又一场乖戾的风雨
有什么种子和果实
在你的山寨留下

4

而眼前这帮玩世不恭的年轻人
眼神里充满了不屑
却在他们自己的游戏里游刃有余

他们究竟在乎什么？
他们狂欢的泡沫
能否变成散发真实芳香的花朵？

两种命运

1

当年那位写红歌的人
是个纯粹的人
只有他那样的人
会简单地陶醉在浪漫的红色中
没有更多的心眼

可是在生活里他有些稚嫩
他不知道有些不成文的规则
受了莫名其妙的冤屈

他的这辈子
只是成了一个传说
一个让人怀念的故事

2

他的红歌则是这样的命运

曾经被当作至高无上的经典
却很快被遗忘
经常被束之高阁
或者被一阵乱棍
打到角落

历经了沧桑
和沉默的岁月
听起来还是那么回肠荡气
陈旧的红歌
竟让一个见过很多世事的人
生起久违的同情

无头案

一场轰轰烈烈的雷阵雨

已经来临

此刻在街上走路就要注意

要尽量显得光明正大

如果一不小心让自己看起来鬼鬼祟祟

或者自己的面相天生就引人怀疑

就活该你被盯上

进入一个不可知的程序

从此你就难以翻身

你会感到一股强势的力量和意志

让你叫不出声音也无法动弹

你会远离光天化日

也根本不可能找到出口

……

在人间

你已经成为神秘无头案的主角

引来善良的人们长久的猜测和议论

但不管怎样

你的罪恶已经被印成白纸黑字

你已经成了亲人们身上

深深的伤口

……

而你可怜的母亲

迈着蹒跚的脚步踏上寻访无头案的历程

用蚂蚁般的力量

和　生的时间

来启动一个沉重的

良知的程序

……

十多年过去了

如今你的母亲还在等待

等待老天开眼

等待死人复活

认真与荒谬

——读《二手时间》有感

1

那个卧轨的老英雄，

也许是一个太执着的人。

他不能放下往昔岁月，

旧伤口夜夜疼痛，

战友牺牲的情景，在脑海里挥之不去；

他不能无动于衷，

曾被鲜血浇灌，埋葬着人骨的土地，

如今上演着肮脏的勾当；

他不能不寒心，

珍藏多年的徽章正在被贱卖，

忙着赶潮流的孙子也开始嘲笑自己。

也许他应该淡忘这一切，

那么这一辈子究竟算什么？

在灯红酒绿的大街上他是多么卑微，

他的牢骚也显得特别不合时宜。

他说一个人孤独地躺在床上，

听着外面无耻的喧嚣，
看着自己伤痕累累的身体，
作为一个认真严肃、没有放弃思考的人，
怎能不感到荒谬！
回想起当年在战场上，
那一秒钟之内作出的选择，
老英雄思绪茫茫。

2

于是我与自己争论：
"谁是罪魁祸首？
历史塑造了他，然后又把他抛弃，
说起来真的让人愤愤不平"
"其实历史并不是一个人，
不会故意开谁的玩笑，
历史无所谓善恶，也并不荒谬，
历史只是不断的风云变幻……"
"可是我们人究竟算什么？
历史要我们往东，我们就不能往西"
"这一切都有来由，可以解释——
结果都是必然的，荒谬，只是对人而言"
"宇宙无所谓荒谬，人在里面；觉得荒谬"
"那么，你告诉我，老英雄该怎么做？
在那个年代，他的一生该怎么度过？"

同一片山水

我们本在同一片山水之间长大
那年逃荒也是结伴出门
后来我们像忧伤的柳絮，飘到了不同的地方
那些岁月我们各自流落天涯
你在青龙会落了脚，我在丐帮混上一口饭
如今我们各为其主，背上刻着不同的纹身
额头上有不同的烙印
对于纹身和烙印，我们并没有想得很多
（也有人慷慨赴死；
也有人对关于纹身的一套说词
背得很熟，说得很溜）
无论如何，每个人都已经滴血盟誓身不由己
（也有人回头了，但是落下一身骂名）
就这样今天我们两个扭打在一起
为了砍下对方的人头去立功
你已经杀红了眼，我也使尽了手段
我太疲倦了，真想回到家乡
看看那个萧瑟的村庄

路边的老太婆

路边的老太婆，家里没有电视机
她坐在自家的门槛上看过路人
看过路人的行李
看过路人沾着泥巴的裤子
没有过路人的时候
她看着路的远方
看看路的这头，又看看路的那头

今天晚上邻村做戏
她早早地做午饭，准备要带的东西
早早地去叫村里的同伴，早早地出门
她们像过节一样来到邻村看戏
至于这部戏，她们早已看过几遍

第二天到集市赶集
她早早地做早饭，准备要带的东西
早早地去叫村里的同伴，早早地出门
集市很热闹，老太婆很兴奋

第三天

老太婆又坐在自家的门槛上
看过路人

侗族大歌

既然用肉眼怎么也看不到

山外的风光

就在这个偏居一隅的侗族山村

和一个单纯的姑娘对歌

看她的脸庞浮现在山野间

像一幅上帝早已画好的画

这里虽然视野有限

但洋溢着人间烟火的温馨

所以安下心来做她家的上门女婿

天天去听多姿多彩的侗族大歌

深入这个民族的悠久历史

听她们对自己的风俗津津乐道

参加他们的婚丧嫁娶

和相依为命的邻居一起邀约

在盛大的节日里相聚

喝着自酿的米酒

唱着自编自创的大歌

我们陶醉着

大歌是侗族的精神支柱

大歌也是我们的精神支柱

在冬天白茫茫的一片里
不去管山那边是什么
或者有谁在居高临下地看着我们
在这里大家都围着不灭的火炉
在这里把侗族大歌刻成雕塑
传给世世代代

关于寺庙

1

寺庙是他们用自己的手
一砖一瓦砌起来的
用来构筑佛像的泥土
其实来自他们的身体
他们在黑漆漆的
冰冷的山崖下
聚集在这个简陋的寺庙
紧紧围着一堆篝火
佛像虽然有时呼之不应
有时面目不清
但他们还是用想象的油漆
把佛像涂抹得完美无瑕
而他们的寺庙
总是被雷击和大火
一再毁坏
让他们的佛像
看上去有些凄凉

2

不要一个人
走向茫茫的荒野
离开了寺庙
黑暗就会把我们吞噬
当风雨迷离
或者飞尘满天
我们身体中的妖魔
会像蛇一样复活

而村头的寺庙
就像巨大的磐石
拦住了来自无底深渊
泛滥的洪水
不管风雨迷离
或者飞尘满天
我们总能隐约看到
佛温暖的坚定的身影

当那喧嚣沉静
尘埃不再蒙住我们的眼睛
会有一条明亮的路
通向彼岸

3

可是一阵突如其来的季风
破坏了我们生活的宁静
佛像被刮倒了
有人说佛像的身体里面
只有拙劣的稻草
和腥黑的泥土
我们跟着季风去各处流浪
可是那季风也是底气不足
要么半途夭折
要么漂浮不定
不能让我们找到一个地方
永久安顿

我们怀念佛像
我们回到孤零零的
像一叶破船似的村庄
如今它显得格外脆弱和荒凉
我们回到四面透风的寺庙
佛像虽然破旧
还可以让我们继续安身立命

大凉山

1

自从没有了土司和皇帝
你终于可以抬起头来
欣赏原本可爱的世界——
你住在一个偏僻的、干净的村庄
你梳着长辫的样子很是清纯
你和几个孩子一起
唱着简单的歌谣

自从没有了土司和皇帝
你再也不用缠足
可以尽情地在天地间行走

2

当你走出封闭的山谷
却发现一个灯红酒绿的世界
(这里弥漫着暧昧的烟雾

令人眼花缭乱）

你可曾注意到

递给你一支烟的那个人

长着深不可测的面孔

当你和那一群孩子们

兴奋地在色彩缤纷的海滩上奔跑

可曾注意到

你的脚下是深不可测的海水

3

当你的母亲还在给贫乏的村庄

绣着简单的花纹

你从外面的世界

带回漂亮的罂粟

乡亲们裸露着赤红的皮肤

孤零零地站在天空下

孩子们脸上绽开着稚嫩的笑容

依偎在大人身边

当大家张着嘴巴望着

从罂粟中升起的色彩斑斓的烟雾

黑暗就开始占领人们的身体

4

就像轻易地捅破一层窗户纸

就打开了那扇阴暗古老的门
就看见魔鬼住在隔壁

覆盖在村庄屋顶上静静的千年阳光
原来只是一件单薄的衣服
当它被轻易地剥掉
就露出了村庄弱不禁风的身体

是苍茫的天空和你身体中的黑洞
合谋把你吞噬
它们已经在你面前露出真实的面目
你就要在它们的大海里永久漂泊

酒与梦

1

也曾经衣冠楚楚
可到头来就像荒野里无助的树
每个人都孤零零
光秃秃

2

像面临没有尽头的黑暗
真不知何去何从

所以每个人
都想挤进一个梦

像在冬天里围炉取暖
围着一坛酒

酒像一堆泡沫

能造出廉价的梦

小酒馆是临时搭起
像一间没有地基的
路廊

香　客

1

附近的庙都去过了
但据说这座小庙更加灵验
为了万无一失
香客一家不嫌路远慕名而来

他叼着烟，一进庙门
就深深地打量着佛
就像平时
在思考的烟雾里打量着对手

他不动声色地在这个小庙转上一圈
就知道对哪个佛应该烧高香
对哪个佛可以敷衍

烧完香他有些无聊地
看着柜台里的佛经
把目光空洞地瞟向别处

妻子在一旁看着人来人往
漫不经心地嗑着瓜子
对佛远远地瞥上两眼
她吆喝着淘气的孩子
担心他的新衣服沾上佛的灰尘

2

几个朋友刚好路过小庙
被热闹的场面吸引
虽然跟这个佛只是面熟
但今天既然来了
顺便跟佛讨一个便宜

香客跟朋友们寒暄
玩笑
一阵喧闹过后
佛脚前留下狼藉的垃圾

分解城市

1

你说霓虹灯不像我想象的那么浪漫
你说我和情人只是两粒被风吹起来
偶然擦肩而过的沙子
你说爱只是一个化学反应

你说天下熙熙　皆为利来
你说我们都是盲目的血肉机器
本能地张牙舞爪

你说城市由令人绝望的粉尘构成
揭开面纱就会看到血淋淋的骨头

你说世界是一个不长眼睛的公式
推动着我们这些大海中的泡沫
不由自主地生起和湮灭

你说我可怜的梦只是虚妄白天的残渣

不是什么神秘的窗口

就这样我轻易地来到了世界的尽头
我的手只能触摸到冰冷的岩石
我在黑暗的入口无助地东张西望

2

像一股沁人心脾的清泉
这个声音是来自空中
还是来自我虚妄的心?

"不要这样把城市无情地分解
何必这样把自己引向山穷水尽"

"你眼睛看到的
不是所有的山水"

"如果换上另一双眼睛
你就会看到另一个世界"

"那个世界不再是沙漠上的海市蜃楼
那里有一条不会枯干的溪流"

"逃出眼前这个虚妄的梦

会进入一个真正的白昼"

3

当我穿行在长长的黑暗的隧道
我会最后到达一个死胡同
还是会发现别有洞天?

沉 沦

1

一不小心
我们就滑入幽暗的梦中

可是一切都历历在目
让人多么纠结
多么恐惧

我们在癫狂的大海里
走得很远很远
成了海底的
永不翻身的鱼

2

蛇啊
当你钻进了一个幽深的洞
我如何呼唤你

怪兽啊
当你痴迷于血腥
疯狂地张着血盆大口
我如何让你醒来

3

黑色的风雨无情地雕塑着你
我的兄弟
可我总是那么单薄无力

我眼看着你走失
而在我自己的眼前
也充满迷雾般的陷阱

4

肉身
是我们沉重的牢笼

在无边的幽暗里
谁能一直睁着眼睛

养老院

一个老好汉还在唾沫飞溅地自夸当年
就像咀嚼干瘪的甘蔗
神经症妇女口中突然冒出的儿童歌曲
是她记忆中偶尔翻腾的波浪
老年痴呆者的习惯动作
是他脑细胞中残留的程序
一个老头的自言自语和唠唠叨叨
是他藕断丝连的梦
一个残废的年轻人
热切地打听着新款的手机
一个头脑清醒者不甘的哭喊
已经麻木了大家的神经

陷入沉默时
一走廊的人
都在眼巴巴地望着天空

黄昏来临
他们被保姆关进狭窄的房间
有的在里面发呆
有的还在探出脑袋

岛屿上的图腾

1

在东边岛屿上
生长的是狼的图腾
在西边岛屿上
生长的是鹰的图腾

在岛屿上图腾是围墙
把你牢牢圈住了
在海洋它是来去不定的浮云
没有根

2

太平洋风的轨迹
塑造了你
大西洋风的轨迹
塑造了我

我和你都没有根

在风的聚散中生长

在时空的大海里漂流

狗的不幸

一旦它们想吠
就落入了狗道
狗道中的狗
做的是狗的梦

这些蹲在窝里的狗
被狗身锁定的狗
被几片头盖骨囚禁的狗
只会盲目地齐吠

它们一听到异样的动静
就拼命狂吠
一见到陌生的影子
就龇牙咧嘴地吠

它们在迷糊中吠
清醒时睁开眼睛
还是只知道吠——
不知道哭

就像蚂蟥只知道吸血
老鼠只知道钻洞
生而为狗只知道吠——
不知道哭

无　题

养老院的老人们
个个像歪瓜裂枣
不管以前是什么身份
他们目光空洞地看着电视
和过往的人

诗人来到这里
只是为了观察他们
寻找灵感
以便写成一首诗
而这首诗有重要的思想意义

诗人很快就要走了
他不会待上太久
如果他被困在这里
他会感到焦虑
就像被活活煎熬
在这里他感到光阴被一寸一寸地
割去

诗人正风尘仆仆地
向远方奔走

三清殿

道观的底层
供奉着福禄寿三星
这里人声喧闹香火旺盛
人来人往像菜市场
三星红光满面
被大家打扮得金碧辉煌

道观的顶层
一下子就显得冷清
这里有三位更高的神
据说他们来自万物的源头
深邃幽远的眼睛
让人望而却步
他们手里的天书
没人去读过
在寂寞的三清殿
很多人到了门口远远地一望
就下去了

云层之上

关于这个大梦
我知道什么
我被眼前纷繁的琐事纠缠
总是按捺不住体内的冲动和烦躁
我的思绪像盲目扭动的虫子
我被什么牢牢牵引
又被什么死死捆绑
我情不自禁又无力自拔
我连空气里的秘密也看不清
我觉得这块地方似曾相识
或者看到某人有一种莫名的感触
可是想破头也没有结果

有没有一个地方比这里更高更清晰？
在我头顶的云层之上有没有什么
让我穿透眼前纠结无奈的一切？
我在怀疑和相信之间苦苦思辨
却怎么也找不到一个豁然开朗的出口
我只是偶然存在的蚂蚁
却偏要去寻找上帝？

或者我只是活在谁的手掌心
里面的一个小小角色
蚂蚁再思考也无济于事
就好像青蛙怎么跳都是青蛙
可是我多么愿意相信
我们都有一根丢失的触角连通天地
虽然现在我们被困在这个世界
一筹莫展，疲于奔命
不由自主地坠落

沉醉， 或者观照

1

自闭的人，突然之间很想向谁打招呼

或者与谁聊天

手机里打招呼有无限可能

摇一摇有无限可能

擦肩而过的陌生女子有无限可能

通过微信圈里的各种网名

我的联想异常活跃

2

一次又一次

微信上新增的红点令人心跳加速

能调动我全身的血液和细胞

久而久之

我被那不断跳出的红点

牵着鼻子走

我兴奋不已，又精疲力竭

3

一个让我眼前一亮的女人
她眉宇之间的灵气打动了我
她拐进一条不知名的小巷
那小巷里有多少
我不曾有过的时光
对我来说
这条小巷从此有了诗意

4

不知怎么
大学校园对我是一个情结
今天重游此地
我灵魂苏醒
我的思想像一朵花重新开放
林荫，草地，知性优雅的女孩
这就是我多年的梦哦
不管这个梦应该用什么学问来解释
是哲学文学还是生物学
甚至化学
作为一个人，我只想沉醉

图书在版编目（CIP）数据

更深的峡谷 / 吴先鸿著. -- 武汉 ： 长江文艺出版
社，2017.12
ISBN 978-7-5702-0090-0

Ⅰ.①更… Ⅱ.①吴… Ⅲ.①诗集－中国—当代
Ⅳ.①I227

中国版本图书馆 CIP 数据核字(2017)第 300035 号

责任编辑：沉 河 胡 璇 责任校对：陈 琪
封面设计：云沐水涵 责任印制：邱 莉 王光兴

出版：長江出版传媒 长江文艺出版社

地址：武汉市雄楚大街 268 号 邮编：430070
发行：长江文艺出版社
电话：027—87679360
http://www.cjlap.com
印刷：武汉市首壹印务有限公司

开本：880 毫米×1230 毫米 1/32 印张：10 插页：2 页
版次：2017 年 12 月第 1 版 2017 年 12 月第 1 次印刷
行数：6237 行

定价：36.00 元